宽善美慧，此生彼岸。

——唱 燕

心途

Yan's Journey of the Heart

唱燕 著

中国出版集团
中译出版社

图书在版编目(CIP)数据

心途 / 唱燕著. -- 北京 : 中译出版社, 2019.8
ISBN 978-7-5001-5999-5

Ⅰ. ①心… Ⅱ. ①唱… Ⅲ. ①传记文学－中国－当代 Ⅳ. ①I25

中国版本图书馆CIP数据核字(2019)第141290号

出版发行/中译出版社
地　　址/北京市西城区车公庄大街甲4号物华大厦6层
电　　话/(010) 68005858，68358224（编辑部）
邮　　编/100044
传　　真/(010) 68357870
电子邮箱/book@ctph.com.cn
网　　址/http://www.ctph.com.cn

总 策 划/张高里
特邀策划/王红旗 缪　超 翁团伟
策划编辑/范　伟
责任编辑/张　旭 范　伟
装帧设计/黄　浩

印　　刷/北京顶佳世纪印刷有限公司
经　　销/新华书店

规　　格/880mm×1230mm　1/32
印　　张/10.5
字　　数/150千字
版　　次/2019年7月第一版
印　　次/2019年7月第一次

ISBN 978-7-5001-5999-5　定价: 89.00元

在维也纳的家中

在中国北欧艺术空间的家里

她：创意卓新

- ◎ 受邀出任美国时代华纳集团《财富》全球论坛特邀制作人，联合国开发计划署（UNDP）首届“丝绸之路投资论坛”艺术顾问兼监制，中国国家航天局“中国航天文化”总监制；
- ◎ 受邀出任世界最大私藏 422 克拉蓝宝石，法国大溪地珍珠，斯里兰卡宝石，日本皇冠珠宝等顶级珠宝大展的总策展人；
- ◎ 受邀总监制并主持世界拉丁舞冠军来华慈善义演为汶川地震筹集善款，邀请百余位驻华使节共同为中国与世界祈福，CCTV3 全程录播并转播；
- ◎ 受邀策划世界海陆空五星之旅，并带团访问冰岛、丹麦、瑞典、南非和莫桑比克等国家；
- ◎ 受邀出任多间机构首席创意官。

她：智慧优雅

- ◎ 受到多国王室、总统、首相亲切会见，如奥地利总统、爱尔兰总统、芬兰总统、科威特国王等，德国总理、澳大利亚总理等；

◎ 多国驻华大使的好友，以东方女性的独特魅力受到尊敬；

◎ 特邀与欧洲贵族们进行谈判，3 天签下 3 亿美元合作意向协议，将商务谈判变成一种绝美的艺术享受；

◎ 荣获瑞士《尚流 TATLER》首次颁给中国最具亲和力的派对主人大奖，连续 8 年入选《北京尚流 TATLER》京城 300 名流。

她：多元跨界

◎ 舞蹈、诗歌散文写作、节目主持、珠宝策展、服装设计、室内设计、园林规划、商业地产并独创私家菜系等；

◎ 策划主办北京星河湾地产项目，邀请联合国驻华代表，德、英、加、日、奥等 10 位大使参加的文化浪漫夜；以及主持并邀请世界拉丁舞冠军参加的盈科中心开盘大典；

◎ 主持《为中国加油》，邀请 4 国大使，6 国公使，29 国 75 位外交官莅临参演， CCTV 录播。

她：环保大爱

◎ 亲自带领工人清理几百车垃圾，将一片废弃的锅炉房和垃圾场改造成国际艺术殿堂——北欧艺术空间（SNAS），代表中国入选意大利杂志《国际家居》，被评为世界上最美丽的家；

◎ 化腐朽为神奇，传播生存友善的环保大爱，百余家中外媒体进行专题报道，德国 VOX 电视台专程抵达北欧艺术空间；

◎ 千余人次王室贵族、驻华使节、艺术家、多国商会主席慕名来访。如：西班牙公主安娜·玛丽亚、利比亚王子伊德斯·阿尔－塞努西、世界第一音乐制作人昆西·琼斯、迈克尔·杰克逊恩师鲍比·泰勒以及中国艺术家杨丽萍、林兆华、葛优等。

她：公益慈善

◎ 北欧艺术空间连续多年免费开放，竭力赞助慈善与艺术项目；

◎ 1990 年秋，专程从奥地利回到祖国，为希望工程失学儿童募捐义演，为救助残疾巨婴募捐，为来自云南大山的彝族“雁南归”音乐组合筹款；

◎ 赞助中国画家展、德国画家展、爱尔兰国家现代艺术展、丹麦世界竖笛演奏家米凯拉·派翠音乐会、北欧大提琴演奏家音乐会、冰岛青年乐团、迈克尔·杰克逊恩师鲍比·泰勒个人音乐会等；

◎ 为多国热爱中国的驻华大使们举办离任前告别中国的欢送会与晚宴，如联合国开发计划署，德国、加拿大、丹麦、挪威、瑞典、冰岛、葡萄牙、科威特、新加坡、印度尼西亚等。

01

01
与奥地利前总统鲁道夫·基希施莱格（Rudolf Kirchschläger）

02
03

02
与爱尔兰前总统玛丽·麦卡利斯（Mary Mcaleese）

03
与澳大利亚前总理陆克文（Kevin Rudd）

04　05
　06

04

与保加利亚前副总理兼外交部长伊瓦伊洛·卡尔芬（Ivailo Kalfin）

05

与科威特国王萨巴赫·艾哈迈德·贾比尔·萨巴赫（Sabah Al-Ahmed Al-Jaber Al-Sabah）

06

与哥达黎斯加前总统劳拉·钦奇利亚·米兰达（Laura Chinchilla Miranda）

07
08 09

07
与芬兰前总统塔里娅·哈洛宁（Tarja Halonen）

08
与冰岛前总统奥拉维尔·拉格纳·格里姆松（Ólafur Ragnar Grímsson）

09
与丹麦亲王亨里克（Henrik）

01

01
家中音乐会后与联合国开发计划署及联合国人口基金会驻华代表，奥地利、西班牙驻华大使及夫人，ABB集团首席执行官及夫人，世界第一竖笛演奏家米盖拉 · 佩奇(Michala Petri)女士及其先生的合影

02
03

02
与卡塔尔王室公主娜迪雅
（Sheikh Nadia Abdul Rahman Al-Mudahka）

03
与美国前驻华大使骆家辉
（Gary Faye Locke）

04
05

04
与印度前驻华大使拉奥琦
（Nirupama Rao）

05
与葡萄牙前驻华大使鲁伊·夸尔廷·桑托斯
（Rui Quartin-Santos）

06
07

06
与德国前柏林市长克劳斯 · 沃维莱特（Klaus Wowereit）

07
与捷克前驻华大使捷斯拉夫 · 格雷普尔（Vitezslav Grepl）

01 02
03

01
与“邦女郎”、好莱坞巨星“黑珍珠”哈莉·贝瑞（Halle Berry）

02
与好莱坞英伦新贵，金球奖最佳男配角，《亚瑟王传奇》《偷心》《最佳情敌》男主角克里夫·欧文（Clive Owen）

03
与世界著名音乐制作人昆西·琼斯（Quincy Jones）

04
05

04
与好莱坞巨星，金球奖影帝，《逍遥骑士》《尤里的黄金》《决斗犹马镇》男主角彼得·方达（Peter Fonda）及夫人

05
与柏林爱乐乐团指挥西蒙·拉特尔爵士（Sir Simon Rattle）

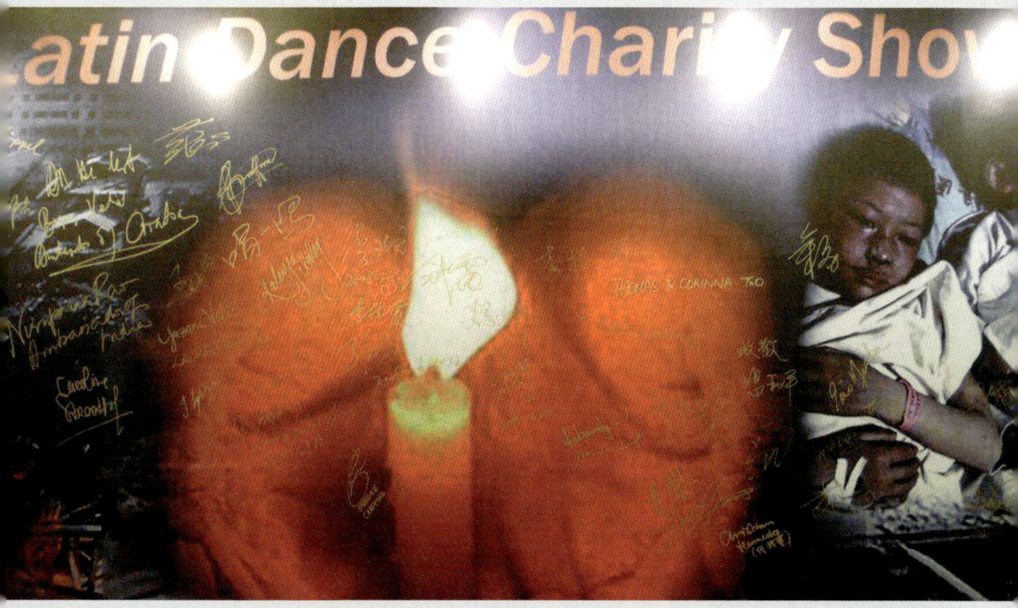

01
02

01

世界拉丁舞冠军为汶川慈善义演

02

出席慈善义演的各国驻华使节们

FIRS
20
为中国加油

03
04
05

03

《财富》全球论坛人民大会堂演出现场

04

与世界拉丁舞冠军们合影

05

多国驻华使节参与“为中国加油”活动

06 07
08

06

世界拉丁舞冠军史蒂芬·迪·菲利普（Stefano Di Filippo）与安娜·米尔尼科娃（Anna Melnikova）

07

世界拉丁舞冠军理查德·马克·佩里（Richard Mark Perry）与娜塔莉·吉恩·格雷厄姆（Natalie Jean Graham）

08

主持慈善义演活动

01
02

01
夕阳中的北欧艺术空间

02
与丹麦音乐家的晚宴

在废墟上亲自带领工人清理几百车垃圾，
设计建造成的国际艺术殿堂——北欧艺术空间 |

03
04
05

03
与利比亚王子伊德斯·阿尔-塞努西（Idris）和西班牙公主安娜·玛丽亚（Anna Maria）的晚宴

04
午后的北欧艺术空间

05
废弃的锅炉房改造成的音乐厅

目录 |

美丽，是由内至外悠然散发出来的宽善美慧，谦恭温良，亲和暖悦，隽永至无垠……

美丽，并非一花独放，悦人以目，盛开几许，孤独凋零；也非一捧花束，由于捆绑，才显色彩斑斓。美丽，或许是一座花园，春去秋来任由四季轮回，总有连绵的绽放，即靓丽他人，也美好自己……

年轻，是阳光心态积存的精神能量，智勇人格强大的真知正念，是理性思维的创造潜力，是对每个美好明天的由衷期许，是不左右环顾的勇往直前。每个不能起舞的日子，都是对生命的辜负。

年轻，是因为心中依然的梦，让自己愈加轻盈，即不纠缠，当人与事名存实亡，轻轻放下悄然隐退，与泥潭肉搏输赢毫无意义，只能更深的沦陷。人生如茶水沸心静，释怀品茗，茶尽转身绝尘而去，欣赏的背影，是另一道风景。

——唱燕

房客，安妮博士

星期六下午，门铃断续响了几下，约瑟出去回来说，没有人，不是我们的门铃响。

话音刚落，门铃再次长响，约瑟跑来报告：是一位老夫人！

老夫人？哪里来的老夫人？我立刻抓起钢琴上的台历迅速搜寻，果然星期六上面写着一行字：下午有房客来访。

“噢，可能是房客吧？”我边走边想。

周末初见，安妮博士

打开大门，果然一位笑呵呵富态的老人家站在眼前，老人自我介绍：

“您好，（德文中有您与你之分）午安，我是安妮博士！”

说完脱帽鞠躬，一扬手从黑色大氅背后突然钻出一位先生，犹如魔术中的大变活人，令约瑟和我大吃一惊，面面相觑，正在唏嘘之际……

“请允许我介绍，这是我的儿子，比特先生！”安妮博士像主持人介绍明星般，欣赏无限地望着自己的儿子比特先生自豪地说。

比特先生眉开眼笑，一脸灿烂阳光，歪着长满茂密鬈曲灰发的头，鬈曲灰发被修剪得很精致，胡子刮得也很干净，露着青皮，紧靠在安妮博士身旁像是等着拍照，只是比妈妈矮一些，不足一米六。这样的高度，在健硕魁梧、个儿高如林的奥地利实在不多，难怪约瑟说只有一位老夫人，镇定之后，双方进行热烈问候，问候完毕，安妮博士与比特先生被我们隆重地请了进来。

“Mamamia! schön, sehr schön（妈妈咪呀！第一句意大利语惊叹词，接下来是德文，美，太美了）!”安妮博士与比特先生走在前面，环顾四处后共同发出阵阵欢呼声，只是比特的音调比妈妈高八度，像经过排练后配合默契的男女声二重唱。

安妮博士是我们登出招租房客的广告后，第一个打来电话的人。

招租房客的想法来自约瑟，因为约瑟要去挪威演出，演出完还要录音制作自己的独奏CD，可能会几个月才能返回奥地利。约瑟怕我孤单，于是动意，找一位母语是德文的女房客做伴，还能陪我练德文。接完安妮博士打来的电话，约瑟很满意地告诉我，对方是一位颇有教养并十分有礼貌的女博士。

博士不稀奇，在奥地利做博士如在香港开公司、做老板那么平常普通。因为读各种学位，不论年纪大小，谁想什么时候读，读什么都可以，完全不受年龄限制。朗艾姑姑的好朋友，做了一辈子哲学教授，退休后的若干年，老先生又对很多年前就喜欢的物理产生兴趣，于是，读了个梦寐多年的物理学博士，梦想成真时，朗艾姑姑的好朋友已经87岁了。朗艾姑姑在自己的花园，特别为老朋友举办了一个大型Party。读博士在奥地利，只要有恒心不放弃，就如中国古代愚公移山，大山都能靠原始工具肩背手扛挪开，读学位自然不在话下。

约瑟说：他相信安妮博士的到来，对我的学习与照看，将会是很好的。约瑟眼里的人全是上帝派来的天使。只是我有些踌躇：长到现在，从未与陌生人一起生活过，那将是怎样的一种局面？

全部坐下后，我问："请问安妮夫人，您想喝些什么？"

"Entschuldigung（对不起），请您称呼我安妮博士，如果您没问题，而不是安妮夫人！"安妮博士高扬着头，立即纠正道。

“OK! Sorry!”

“您是日本人？”

“不！百分之百中国人！”不知为什么我常常被认为是日本人，连有些中国人也觉得我是日本人，每一次我都要不厌其烦仔细解释：我是百分之一百的纯正中国人，与日本和日本人完全没关系，所以在回答这个问题时，加上“百分之百中国人”，免得继续纠缠。

中国人，中国茶，茉莉花茶，Sehr gut 太棒了！

安妮博士听说我是中国人，立刻眉开眼笑说：“Gut, sehr gut（好，太棒了）！中国人，中国茶，中国的茉莉花茶！”

“安妮博士，您，喜欢中国茉莉花茶，那，请您喝茉莉花茶可以吗？”

“Ja, Jasmintee, einverstanden（是，茉莉花茶，同意）！”比特搓着手，伸出大拇指，果断地点了几下头附和道，就这样一锤定音，像国会高票通过了一项草案，喝茉莉花茶！

一听茉莉花茶，我就“心疼”，因为马上就没有了，很多朋友们来家里都喜欢喝茉莉花茶。他们说，我的茉莉花茶比中国餐馆的品质好很多，有种悠长深远的香味，特别令人难忘，因为令人难忘，所以每次朋友们喝完后，仍旧依依不舍，除了吃掉茶叶，还由衷希望 Mit nehmen（带走）。

只要有人赞美我的茉莉花茶，我就毫不迟疑地产生激情，经常把从中国带来的，尤其包装精美的茉莉花茶拿去当礼物送人，很快所剩无几了。中国离奥地利远隔万里，谈何容易再轻松得到这令人难忘的茉莉花茶。虽然在维也纳市中心的台湾店也可以买到，但与北京的茉莉花茶品质相去甚远。

感谢上帝的是，约瑟不习惯喝茶，有矿泉水、果汁就行，约瑟想不起来我也不“引诱”，低调处理，尽量“按茶不动”。实在自己特别想喝就专心“恶补”一次，更多的留着等朋友们来了一起享受，这令约瑟很高兴，觉得我已完全适应了西方生活，不喝茶也可以。

“心疼”过后，动手烧水冲茶，先将茉莉花茶，像抱Baby一样，小心翼翼地用银茶铲，从茶盒中恭敬地取出来，放进洁白的高脚茶壶里，看着它们舒适地躺在壶底，再相视片刻后，像与好友离别前的拥抱，才缓缓冲进开水。开水不要直浇茶叶，这样会太过粗暴，让水环壶内壁轻轻地流下，茉莉花茶毕竟万水千山来到异国他乡，每一步操作都要格外留心。

受热水抚慰后的茉莉花茶，瞬间舒展起来，松松地张开叶片，乳白色美丽的茉莉花与茶在灼热的水中轻歌曼舞着。经过不尽的旋转，花与茶由水底轻轻扬扬地浮上来，悠悠荡荡地散发着柔美清香，直沁心肺。那种清香，庸庸散散、含蓄委婉、不动声色，吸进心扉后再淡淡散开，任你自由自在慢慢地惬意感受。

端着冲好的茉莉花茶，像领着久违的故乡人，一种温情油然而生。

约瑟摆好茶具，还有几样备好的小点心，我刚踏进客厅，安妮博士与比特先生立刻站起，深层呼吸茉莉花茶传来的香味后，两人对视少许，再次举臂欢呼起来。不到半小时，我享受到了安妮博士母子两次热情敞亮的欢呼，欢呼中使我有点满意，觉得安妮博士很开朗甚至可爱。

早慧的安妮博士

终于坐下来喝茶，我开始端详起安妮博士来。眼前的安妮虽然自报78岁，但你依旧找得到前朝春色 ，一双大眼睛汪在水中，放射出传神的光彩，唇红齿白、牙齿整齐（后来知道是假牙），笑起来魅力依旧，可见当年的安妮足以风光无限，倾倒过一片。而今发福的安妮博士又多了一种富态慈祥，像曹雪芹笔下《红楼梦》里人见人爱的贾母，只是她骨碌碌转动着蓝眼珠，眨着黄睫毛。

安妮博士白金色头发一丝不乱地梳到脑后面，盘成圆圆发髻，用几个金丝发卡固定住，扬着头有一种凛然不凡的气质。身着深蓝加暗红道的毛质连衣裙，一双黑软皮棉鞋，胸前挂一串质地上好、做工精良的黑水晶项链，左胸别着一枚珊瑚底色象牙的圣母玛利亚的头像，这种胸饰很多欧洲中老年女性都喜欢。安妮博士睿智、干练，看上去还有点 “首脑” 的气质，只是安妮身上不时扑鼻而来阵阵浓烈的香水中还夹裹着些异味，让我除了莫名其妙还有些头昏。

安妮博士自我介绍来自西柏林，那时东、西柏林还没有合并。安妮属于早慧， 23岁就获得柏林大学的哲学博士学位，也是叱咤风云的 “学霸”，以后做过教师、自由撰稿人等。丈夫是外科医生，生活安定，衣食无忧。后来生下一对儿女，生活幸福和睦。再后来丈夫去世，安妮与女儿同住，但无论如何她不能忍受女婿不尽的啰唆，无聊透顶。

安妮说，她女婿是世界上最像老太婆的男人，整天唠唠叨叨像什么样子，一辈子都不成功，还没完没了地指手画脚啰里啰嗦。女儿没什么专业，在家当全职太太，由于经济不能独立就非常软弱，在家完全没有话语权，应了东方人的那句歇后语：马尾拉豆腐—— 提不起来。

看到软弱无力的女儿任由丈夫训斥，常令安妮博士愤怒，所以安妮博士一愤怒就离家出走，偌大柏林，没有安妮博士安身落脚之地。出走的最终目的地还是来维也纳找儿子比特先生。比特先生是妈妈的最喜欢停泊的港湾，但比特先生的家，安妮博士不能上岸。比特先生尤其注重自己隐私权，可以和安妮博士一同听音乐，一同喝咖啡，一同看展览，一同看书，一同散步，但绝不能一同回比特先生家住。安妮博士还得自己找房子，这次安妮博士离家出走，属于相当愤怒，所以下定决心，要长住维也纳与比特先生相伴。

看得出比特先生对母亲照单全收并无限欣赏，每到安妮博士讲话时，比特先生总是情深意长地摘下礼帽仰视着安妮，并配合讲话要点，有序地点头。比特先生对妈妈忠心爱戴，像做义工的啦啦队，安妮做的每件事情比特先生都帮助肯定，甚至毫无吝啬地热烈欢呼。与比特先生在一起单纯、简练，绝没有那种公鸡斗白眼的家庭琐事，因为比特先生根本没家庭， 50多岁一直独身。

比特先生认为：人类最大的自由，就是不能让婚姻捆绑，尤其没有精神共鸣的婚姻，纯粹地为生活而凑合，绝不能将就，更无法接受！比特强调，精神肉体都应该属于自己！说的时候用右手在自己心脏部位认真拍打了几下，表情有点严肃。比特先生每天自由自在，充实又快乐，现在在维也纳的一所学校任职，有房另住。

安妮博士如株墨绿挺拔、根深叶茂的不老松，比特先生就是千绕万缠，紧紧盘附在母亲身上的常青藤。安妮博士的举手投足比特先生都怀有由衷的钦佩，而且享受无比，因为比特先生相信他的母亲非常与众不同，尤其具有的过人智慧。

灯饰，聆听安妮博士跨界的表达

安妮博士看过我的家后，显得很满意，尤其是每间房里的不同灯饰。安妮博士说，住在什么地方不重要，重要的是得有令人赏心悦目的灯饰，灯的造型与光泽可以直接影响到人的身心健康，包括精神情绪。比如，现在这些灯饰就具有一种古典美让她喜欢，灯光含蓄安静，不闹、不刺眼，尤其水晶灯是奥地利的一种特有传统文化艺术，Swarovski（施华洛世奇）举世闻名，用其做出的灯饰，几乎成为奥地利人家中的必备装饰。安妮博士在柏林家也有，所以在这里看到Swarovski水晶灯，很亲切，有点宾至如归的感觉。

安妮博士说，看到水晶灯，无论吊灯、壁灯、台灯所折射出来奇妙柔和的光束，洒在不同的落点，再折射出温柔的光晕，使她感到温馨、温暖，没有陌生感。安妮博士说她最不能容忍日光灯的存在，冷漠孤僻，毫无生气，拒人千里，看见就令人无精打采垂头丧气。在这种灯下读书，完全没有阅读的愉悦，心情也会低落沮丧。安妮说的时候表情蔑视，甚至达到憎恶的地步，我下意识地想了想，上帝爱我，好在家中没有日光灯。

听安妮博士颇具哲理的一席话，让我茅塞顿开：世界就是大，真理遍布！无数毁于一旦，人仰马翻甚至全军覆没的事，原来只是由于一个诡秘的，乃至无法预知、始料不及的微小因素。比如，灯光质地优劣，颜色冷暖，造型美否，竟会对租客安妮博士产生如此之大的影响，如此至关重要。真是读书不如行路，行路不如阅人无数，阅人无数还需高人指路，人的孤陋寡闻，看来是与知识阅历浅薄有关。

安妮博士对洗漱间没有太大热情，探了一下头，喊了声拖长拍的Schön（美），便扬长就走。

来到厨房，安妮博士的眼睛放出了醒目光芒。厨房大而明亮，窗台上摆满了绿色植物，安妮戴上老花镜，不断地用手摸摸这，蹭蹭那，看着安妮使我想起一首当年风靡过中国的民歌——《老房东查铺》。

厨房是长方形的，一边是冰柜、微波炉、多用柜，中间有自动点燃的煤气灶，下面有烤箱可以烤面包点心，对面又是一排摆放各种餐具、酒具、茶具的长柜，还有一个自动调节的餐台，配有折叠灯，打开够2—3人使用。安妮博士与比特先生像选购家具一样，认真仔细看，坐下起来，坐下起来，反复比画好长时间，最后与陪同的比特先生相互对视后，点头表示满意。

安妮博士听说约瑟两天之后就走，立刻拄着拐杖站起来，如移动过来的阿尔卑斯山，巍然屹立在我背后，用手越过我的肩拍打着约瑟的胸脯说：

“先生，请不用担心！明天，我就搬过来……”

安妮博士毫不拖泥带水，当下定音，成为我在维也纳的第一个房客。

东西方文化之差异，无处不在

安妮博士走路拄拐杖，拄拐杖是因为有严重风湿性关节炎，拐杖成为支撑安妮博士的另一半。第二次世界大战中比特出生，出世不久就逃难，流离颠沛。安妮说，比特最可怜，战争中粮食紧缺，经常食不果腹，完全是因为营养不良，才令比特长得这么矮小。否则，比特先生定会高大威猛，一米八完全没问题，因为比特的爸爸、安妮的先生就很高，非常帅。安妮博士抱着刚刚出生的比特疲于奔波逃难，因此患了严重的风湿性关节炎，战争中缺医少药延误医治，后来又生下女儿，生完女儿安妮博士马上就跑出去工作。现在年纪愈大病情愈严重，以致举步维艰。

生孩子，由于文化风俗上差异，东西方女性大相径庭。

中国人生孩子如临大事，全家齐上阵，产前特进大补，所有能找到的贵重食品都输送进孕妇的内部，孕妇如仓库。吃，只是一个过程，零存整取为的是滋养新生命。生孩子已经非个人私事，而是家庭、家族之大事，孕妇满载着群体希望、群体利益。

生完孩子，尤其男孩，产妇受到厚待，一定要钻进封窗堵洞、密不透风的房子里，如酿酒发酵般衣食无忧地闷上一个月，这就是“坐月子”。月子期间产妇绝不沾寒凉冷水，生怕产妇得风湿病。香港产妇，不但饮姜水，还得煮姜水供产妇洗用。满了月的产妇被填充得硕大无比之后，再去减肥重新收拾自己，不胜其累。

西方人不同，几位朋友生完孩子，第一件事就去淋漓痛快地洗个澡，甚至跳进游泳池，轻松畅快地游场泳，如卸下泰山压顶的离任官员。根本不可能坐在封窗堵洞的家中静养，也不能容忍自己漫无边际地蹿肥，体型是自己的，自己做主，小Baby们更是简单结实，什么都不怕。

约瑟的冰岛学生搬到维也纳来住，邀请共进晚餐，太太自己在厨房里忙着弄冰岛大餐，刚生下来几天的小Baby自己躺在地板上呼呼大睡，身上只穿了一件小背心，什么都不盖。窗子在冬季里，也是自由打开，任凭风从八面来。我进去的时候，看见地板上趴着的他，以为是到处乱扔的玩具娃娃。刚要弯腰拾起来扔进旁边的筐里，谁知用手一碰，竟是鲜活的小Baby，柔柔的暖暖的，顿时吓了我一跳。

有一次，化学教授阿地博士打来电话说，在维也纳森林边，发现一间很好的Heuriger（维也纳郊外专门酿酒的地方），想与我们一同去品尝。那是一个天高气爽的深秋下午，刮着飒飒秋风，颇有凉意。

一会儿汽车喇叭在楼下响起，阿地博士看见我们下来，神秘地说：来，有个特别惊喜给你们。

说完打开车后座提下一个篮子，掀开洁白的毛巾，一个鲜红的Baby睡在竹篮里，阿地的表情就像从烤箱里拖出一个刚出炉的新鲜大面包，得意非常地说：

“好不好，我女儿Yumi，她才11天！”

“11天，在中国还没出满月呢。”我轻轻嘘了一下。

车子很快开到了维也纳大森林中的Heuriger前面，停了下来。坐在森林高处抬眼望去，浓郁秋色美不胜收，多彩斑斓，空气清爽透着甘甜。大家品尝后，纷纷赞美这里新酿的红、白葡萄酒果然不同凡响。红、白葡萄酒是奥地利的特产，秋季很多家庭，很多人喜欢选择在Heuriger度过周末。

饮过酒的阿地博士很高兴，满脸通红，眼睛放射出耀眼光芒，再次提出那个大筐，筐里的Baby正在梦乡中酣睡。大家坐下继续聊起来，这里红、白葡萄酒名不虚传，酒醇厚香甜，口感丰润，玛瑙一样的红酒注入水晶杯里，在每个人手中荡来荡去挂在杯壁，映红每个人的脸，酒助谈兴，音乐、油画、历史、环保……说古论今的人们，不断地彼此添着酒，品尝着酿制的风格独特的软硬奶酪，还有腌肉、面包、坚果以及不能缺少的水果。虽痛快畅饮但酒香人不醉，快乐时光无拘无束，如旁边的小溪任意流淌……

突然熟睡中的Baby大哭起来，阿地博士很淡定地说，她需要换尿布了。这时外面开始起风，风越刮越猛，一般来说应该去屋里换尿布，但阿地博士全然不管，打开毛巾取出热气腾腾的Baby，放在餐台上换起尿布来。

风，从Baby嘴里不断灌进，呛得11天的Baby连续翻白眼，阿地博士从容不迫地倒提起Baby双脚，头朝下照着背部，啪啪拍了几下，又放进大篮子，好像倒进一堆土豆。Baby依旧哭，阿地博士经验丰富地说："哭，对Baby来说是有必要的，可以增加她的肺活量，这很好，要让她哭。"

Baby的哭声，像是酒吧里伴奏的电声乐队，一浪高过一浪。阿地博士地依旧从容不迫继续聊关于红酒、音乐、历史、环保以及社会问题。Baby仍然在风中号啕大哭，坐在一旁的我暗自吃惊：这要让只生一胎的中国妈妈看见，一定吓得手脚冰凉昏厥过去。

多病缠身的安妮博士，依旧每日准时出行，雷打不动

安妮博士虽然不用工作，但每天早上8点钟一定准时离开家出去。只要安妮一走，留给家中震撼的“回忆”就是弥漫满屋的呛人香水。

安妮博士喜欢用一种法国出品的AnarsAnars牌子的香水，还有德国出品的类似樟脑精的香油，这两种气味混合双喷，未闻先晕，真正达到上蹿脑顶，下灌脚心，储蓄在丹田半天化解不开。只少许，我还能坚持。如按安妮博士现在用量，就会使我头晕眼花，精神恍惚，思绪无法集中。安妮博士只要一出门，我就开窗放味，放飞这些震撼致头晕的香水气浪。

喷过香水的安妮精神格外抖擞，披着毛织的大披肩，左手提三个包，右手拄着拐杖，戴着质地上好的礼帽，昂首挺胸，声音嘹亮地喊出：“Yan, Aufwiedersehen（燕，再见）！”向我告别。随着远去的声音我要做的是独自沉浸在安妮博士留下的味忆里。为了尽量减少吸收安妮博士的混合香水，我把每天早晨出门问候，改在自己的房间里回应——只见楼梯响不见人出来。好在安妮并不介意还宽和地说：“So，孩子，睡吧，睡吧，好好睡！”

安妮每天去的地方有维也纳的教堂、各种展览、图书馆、咖啡馆，参加研讨会，听音乐看演出，日程相当紧凑。没事的时候

就独自坐在8区的一间名叫Café Elles 的法国咖啡馆，看报纸写字。安妮博士对文学、哲学非常有兴趣，闲暇时会写一些作品。

安妮博士给我念过一首她在咖啡馆写的德文叙事长诗，讲她童年的美好时光。安妮博士戴着老花镜念的时候很投入，起伏跌宕、抑扬顿挫，一手拿稿，另一只手上下翻飞，表情也相当生动，但以我当时的德文水平，基本听不懂，不能深入理解这首德文叙事长诗的真谛。

但为让安妮博士不失望，也被安妮博士全情投入的朗诵的表情而感动，我坐在那里安详地坚持听着。但是，人在曹营心在汉，表情配合心思早已飞出家门，飞回中国，玩起意识流……

安妮的叙事长诗，让我想起儿时只要不午睡，老保姆王妈就抓我过来，扔在她的宽宽脊背上使劲摇晃，听她讲几十年前日本鬼子来老一村，带人进村抓人的故事。老一村的事儿被王妈讲得很恐怖，血淋淋，我一听就害怕，合上眼睛昏昏沉沉，马上就睡着。不知为什么听安妮博士念叙事长诗，自己童年的往事，随着光阴的流逝并未远去反而越发清晰起来。

丹尼尔·高曼在《情商》（*EQ*）这本书中提出心理学分析理论的基本假设是：婴儿借幼时与父母（保姆）的互动经验，来奠基情绪学习的基调……正因为很多情绪的爆发源自混沌难明的懵懂年龄，长大后，我们面对激昂情绪往往不知所措。我想，我个人的体验可能认证了这一假设，以致安妮博士叙事长诗念完一阵，我还没有反应过来。

安妮博士的晚餐，最佳香草，我的萝卜花

总之，安妮博士天天如此，无论如何要出去，像日本人上班打卡那么准时。每日必早出，晚归不晚归倒不一定，晚归，就是有邀请或听音乐会不回来用餐。不晚归的安妮博士，就在厨房为比特先生做爱心晚餐，晚餐的头盘是百吃不厌的各种奶酪拼盘，配上坚果、葡萄，一杯朗姆酒或红酒先开胃，安妮博士很少做蔬菜沙拉，觉得洗起来麻烦。经常用熏肉、香肠、奶酪、鸡蛋、黄油摊在一起，再放些香草，香草主要来自我的萝卜花。

我在厨房里泡了一些白胡萝卜头，耐心地让它们发芽，原因：

喜欢知道，它们是怎样地从一无所有到顶起一点点鹅黄，慢慢地变成新绿，这一奇妙的生长过程，在寒冷的冬季里尤其显得那样的出神入化；

同时亦认为自发的绿叶菜花比单纯购买的鲜花更显自然朴素，更具观赏价值，更与人贴近，更具生命力，甚至能提醒人一点，生命本源的秘密；

招待朋友们自己做菜时，可以当菜盘上装饰，节俭又独特。

如果有可能我希望用我的萝卜花让烹调味觉更丰富，这样还可以体现中国“食”文化中视觉与味觉的艺术魅力。

安妮博士似乎与我“英雄”所见略同。经常抢先一步提刀将这些萝卜花，包括幼嫩的绿芽斩下来，放进她与比特先生的晚餐里做调味。不过豪爽的安妮博士并不独享，经常请我kosten（尝尝）。安妮博士完成自己的烹调后，常得意地歪着头问：“孩子，你难道没有发现，加上萝卜花的味道有多么特别吗？”

是的，我除了发现味道特别外，还难过！

因为自从安妮博士大驾光临后，我的稚嫩萝卜花差不多没等长大还来不及观赏，就全进了安妮博士与比特先生的胃。最初有几次，我已鼓足了勇气想告诉安妮我的真实“感受”，几分钟后又改变了初衷，想想自己来自礼仪之邦，这些不足挂齿的区区小事，何必认真纠缠。但，只要我再见到安妮博士戴着老花镜，提刀向着雪白或橘红色的萝卜上那些可爱的嫩芽绿叶摸去，就抢先一步出来，躲进自己房间，做到眼不见心不“疼”。

安妮博士总爱说，音乐家是上帝的天使，长期遗憾自己的子女没有一个搞音乐的，所以喜欢找约瑟聊音乐，一说到音乐平时宁静如水的约瑟就新鲜生动。但是，约瑟永远也弄不清楚与安妮博士谈音乐绝不能在晚上！这是无数次被证明的真理，晚上的安妮其实常常心有余而力不足，音乐没听完便已进入遥远的梦乡。

所以，每次到了真正欣赏音乐的时候，安妮博士总是摸到后面的沙发坐下。

有一次我教完晚课回家，看见坐在最前面音响旁，完全沉浸在音乐中的约瑟如醉如痴，手做指挥状左右大幅度摇摆着；而远离他坐在后面沙发上的安妮博士，头发凌乱地瘫倒在沙发里，毛毯滑到地上，嘴里流着口水，正仰头呼呼大睡，手拿着的高脚红酒酒杯已经倾斜，好在杯中所剩红酒不多，没有溢出来。我不愿惊醒熟睡中的安妮博士，帮她盖好毛毯，轻轻掩上门悄悄退了出来。

良久，我再次推门进去的时候，清醒过来的安妮博士焕然一新，满面放光，张开双臂紧紧地拥抱着我说："Mamamia！孩子，你回来了，妈妈咪呀！多么美妙的音乐啊！太可惜你不在，美啊，美，真是梦幻般的美妙呀！"约瑟心满意足地微笑着说："厉害，安妮博士真的很厉害，是对音乐很有欣赏深度的，连古斯塔夫·马勒的作品都理解。"

古斯塔夫 · 马勒是我非常喜欢的奥地利犹太作曲家、杰出指挥家。他的作品不易理解，最高价值不在于它通过夺人注目、大胆、冒险或怪诞等表达显示出来的新奇，而在于这种新奇被融入到优美的、充满灵感的、深刻的音乐之中，在于这种音乐高度的艺术创造性和深厚的人性内涵所具有的永久价值，这一切使之在今日仍充满生命力，并拥有美好的未来。

“Ja, Ja（是，是）！” 我点头附和道。脑海里的浮现的镜头，定格在安妮博士晕天倒地仰头大睡的画面。

在人面前的安妮博士绝对生机盎然，能量充沛全部盛开，因为她最怕别人怜悯。有人说，老年是人类美好的秋天，看着面前的安妮博士我却感到严冬的逼近。

安妮博士精力充沛，充沛得可以坚挺到比特先生心满意足吃完晚餐回自己家之前。比特先生一走，安妮博士立即枯萎，尽显老人精力不济的无奈来。主要是一天的奔走的疲惫，加上严重的静脉曲张和风湿性关节炎，血液循环不了，皮肤都是黑紫色。疼痛折磨得安妮博士常常倒抽阵阵冷气，不过她很少在大庭广众之前表现出来，只有我知道，但为尊重安妮博士的隐私，我们从不讨论这些问题。

德国人的“1，2，3……”，
仿佛看到了日耳曼人擦亮的马靴

不累时候的安妮非常热情，经常主动帮我改德文作业。

有一天，安妮博士刚刚吃完最后一道甜品。情绪很好，看见我进来说：“来，来，孩子，我们练练德文。”太好了！谢谢安妮博士，

这个建议让我高兴。我跑去拿来书，准备与安妮好好练练德文。

“书，不用拿，就从数数字开始，请吧！”安妮博士语气坚定地说。

“这是做什么？哪有这样练德文的？”我们不是天天大把大把、成句成句地说德文吗？为什么从这么简单的数数开始？我想安妮博士太幽默了，不是在开玩笑吧。

“安妮博士，您没问题吧？”我想证明自己没听错。

“我非常好！没问题！请，请吧！孩子！”安妮博士又说话了，口气不容商量。

我被安妮博士催促得差不多没来得及反应，就硬着头皮数起来：

“eins 1，zwei 2，drei 3，vier 4，fnf 5，sechs 6，sieben 7…”

“停！不行，不行！”安妮博士手一挥，吓我一跳。

“请拿出力量来，看我……”

只见安妮博士扶着餐台“霍”地站起，整理一下头发，双脚分开挺胸昂头，稍加思索后挥动右手做刀状，如削苹果，迅速横向砍去，干脆利索，每念一个数字就如同削掉一个苹果，麻利快捷毫不拖泥带水。声音铿锵有力，像军人，像军人擦得锃亮的马靴和矫健的步伐，也让我想起了日尔曼民族的所向披靡永往直前。

“来，请来一遍，请吧！”数完数字的安妮博士清清喉咙说。

我必须承认，这，这已经完全超出我的想象！与我的语言习惯根本不同，甚至令我瞠目结舌以至到震惊。我喜欢娓娓道来地表达，有条不紊地展开，语言应该具有抑扬顿挫的节奏感。我觉得除非第三次世界大战突然爆发，马上出征直奔战场，否则完全没必要像安妮博士这么说话。

“您知道（日常生活里，安妮博士直呼我的名字或我的孩子，谈论正事喜欢用敬语您），我已经观察到您讲德文时，太软弱，感受不到您的力量，听起来并不令人感受到一种鼓舞，您需要得到纠正。请吧！”安妮坚持不断地催促着，我想了想，还是犹豫，安妮继续鼓励并看着我，僵持一会后，我决定再试试，因为受不了安妮博士不放弃与期待的犀利目光。

等我如同咆哮般喊完这10个德文数字后，自我感觉相当糟糕，甚至沮丧，因为像红眼暴徒。

安妮博士拍着我的肩，有些肯定地说：“很好！孩子，开始有点进步了，要再加强些力量，要显得真正的有力量！再来，请！”

我吃惊地看着安妮博士，还要再来？！再，再往后，再也听不见安妮说什么了……

耳旁仿佛由一系列战鼓组成的乐团，突然奏响高昂雄壮的军乐，我咽了咽口水，右手瞬间恍若安妮博士的手，变成一把利刃，投向苹果，短促有力地一连喊了十几个数字……

安妮博士笑了，很满意地说："Sehr gut（非常好）！来，想喝点什么？孩子。"

我什么都不想喝，但强烈感受到喉咙冒烟，热血沸腾，头顶出汗，双腿发软，看人重影，有点像虚脱，赶快坐了下来。

安妮博士像哲人般告诉我："人，一定需要有种精神，而且必须是强大的精神，来支持自己，有任何困难都不要依赖别人，永远不能软弱，包括说话，说话代表一个人的精神世界。软弱的真正敌人是自己。像我的腿行路已经非常困难了，如果躺在床上，就永远都不会站起来，更不会来维也纳看比特，也不会遇到孩子，你。几年前，我的医生就宣布我很快会瘫痪，但是我不信，我不会放弃，我更相信自己，每一天能站起来，对我都是挑战，看，现在多么好！"

说完安妮博士扔掉拐杖，挺胸扬头抬腿向前，嗵，嗵嗵，嗵走了几步，我抢步上前，立刻扶住行进中的安妮博士。

以后相伴的日子里，慢慢地我知道安妮博士还患有严重的心脏病，加上静脉曲张，严重风湿性关节炎，双腿变形，后跟腱与小腿肚宽度几乎相等，腿又粗又直，举步艰难。每天出门前，安妮博士都会在脚踝处，缠上一些弹性绷带，希望行走时能够更有力量。由于脚抬不起来，每上一层台阶都非常吃力，非常缓慢，缓慢到比特先生每次回来，都由于等不及安妮博士，像先头部队一样提前到家，到达后的比特先生经常按完门铃藏起来，或对着客厅门镜扮鬼脸。等着吓他的妈妈安妮博士，要等很长时间，才见到后面气喘吁吁赶来的安妮博士。

无论如何，也难以想象屡屡玩这种游戏的比特已近50岁了。

维也纳很多楼房因为保护古建筑，都没装电梯，尤其老式楼房只有旋转楼梯，我们住在顶楼最高层，共有195个台阶，要一层一层走上来，对安妮博士来说非常不方便，“走”的意思，某些时候对她来说等于爬。

孩子，你可以帮我一次，但帮不了每次，我谁都不能靠，只能靠自己！

维也纳的春秋两季常常落雨，雨中的行人们举起五颜六色的花伞，组成缤纷世界。而双手完全被占用的安妮，根本没可能再腾出手来撑伞挡雨，有时雨落太大，我劝安妮不要出去了，安妮总是坚定地摆摆手说：“Nein！ Nein（不！不）！一切都安排好了，孩子。”

安妮博士学哲学，对社会问题也极其关注，如早期革命党人，很短时间里在维也纳已经结识了几位青年学者，建立一个哲学爱好者的小沙龙，安妮经常与他们聚会探讨哲学、社科领域的问题，也曾邀请过我几次，但都未能成行。而安妮却风雨无阻，一如既往。

曾经东征西讨几乎扫荡过整个欧洲的拿破仑说过：“难”字只在于愚笨者的字典里。对安妮博士来说，衰老的只是身体，而非精神，她身上那种坚忍执着，永不放弃的精神其实一直在感动鼓舞着我。

雨中的安妮博士从不避雨，任凭雨水肆意冲刷，唯一能挡些小雨的就是安妮博士的礼帽。安妮博士认为，雨中行走可以集中精神，便于思考。每当我在街上看见雨中踽踽独行的安妮，便使我想起朱自清先生的散文《背影》里“又见那肥胖的，青布棉袍黑布马褂的背影……”

安妮博士刚来的时候，有一次，当我看到雨中艰难行走的她，立刻跳下有轨电车，急奔上前，搀住安妮博士，想拿回她被雨淋透的几个沉重大包，安妮博士却一把推开我说：

“Nein！不用，不用，让我自己来!”

顿时，我张开手吃惊地愣在雨中。我们在中国从小受到的教育就是：敬老爱幼，助老是年轻人天经地义的责任，而眼前的安妮博士的举动令我大惑不解。

安妮博士看我一脸迷茫说："Danke，Danke（谢谢，谢谢）！孩子，你可以帮我一次，但帮不了每次，我一定要想到没人帮助，只有我一个人的时候。我谁都不能靠，要靠的只有自己！"安妮博士说完，仰着头望着我。

说得太好了！安妮博士的话，让我在雨中瞬间开悟：生活就是永无休止的挑战，走出河谷又见峰巅，起伏不断的山峦到处可见，人生就是棋逢对手的博弈，不依赖他人自我独立，自己才是自己真正的靠山。并且，再难亦绝不放弃，穿越黑暗才能看到黎明前最美的晨曦。

在我执意要求下，安妮博士只同意伞由我撑起，而其他，被雨水浸透后重量加倍的大包，依旧跨在她的手臂里，我们并肩在雨中缓缓前行，这是安妮博士恩典我仅有的一次。

酝酿很久帮助安妮博士洗澡，最终失败

安妮博士不洒香水的时候，走过后总留有种奇怪难闻的气味。因为这个气味，安妮博士很难在维也纳找到房子住，频繁搬家，比特先生说一提找房子就头疼，很多维也纳房子主人发现安妮博士的气味，立刻责令搬出。而我从未想过请出安妮博士，因为，我发现与安妮博士相伴的日子里，她有一种精神的力量一直在不

经意间鼓舞着我，我可以向安妮博士学到很多闻所未闻、受益匪浅的知识。何况，她的身体不能再承受更多的劳累之重，与安妮博士在一起的时光坦率地说很快乐。

所以，只要有时间我要做的就是就清理房间，解决气味问题，但让我费解的是，气味究竟由何而来的？

在远古时代，辨别气味是存亡的关键。现代社会任何有机物都有其特定气味。但安妮身上散发的气味怎么也让人想不明白，从何而来的。

有一天，安妮博士在家，征得她同意后我进入她的房间，帮她彻底搞卫生。安妮博士的房间杂乱无章，衣服摊在沙发、柜子上，到处都是音乐会、展览会、各类讲座的介绍、书籍、纸片，我用吸尘机吸地毯上撒下的那些细碎面包、饼干渣时，发现沙发下竟然有一大包卫生巾，让我很吃惊。想想78岁的安妮博士早该绝经，为什么还用它？这是安妮博士的隐私，不能问，站在那里困惑不解。边搞卫生边继续想，良久，我终于想起安妮博士来了这么久还不曾洗过澡，这气味或许来自身体，不洗澡就是因为她抬不起来那双因静脉曲张风湿肿胀的腿。

忽然，我恍然大悟，我的浴缸有近80厘米高，欧洲人喜欢泡澡，下班后或周末节假日，躺在浴缸里点上蜡烛，听音乐、看书、幻想，据说很多发明都是由浴缸里产生的，浴缸里水越多越好，所以浴缸通常很高。而安妮博士举步维艰，哪能跳进浴缸洗澡？于是，我决定帮助安妮博士洗澡，但又怕伤害她脆弱的自尊心，每次欲言又止，小心翼翼地决定找机会实现。

复活节的前夕，春意融融，阳光照进浴室里暖暖的，但为了让安妮博士痛快洗浴，我还是开了暖气，让浴室更暖，那天下午我若无其事地对没有外出的安妮博士说："今天天气很温和，我有时间，安妮博士，您想不想洗澡，如果需要，我可以帮助，还能帮您做做中国的保健按摩。"说完很随便地在浴室踱着步，看上去显得若无其事、轻松潇洒，其实老谋深算，怕的是安妮博士的敏感。

安妮博士听完，放下手里的东西，先睁大眼睛吃惊地望望我，然后一把将我搂在怀里说：

"上帝，我的孩子，我的孩子。"用尽力气抱住我，双手颤巍巍地抚摸着我的脸颊，慢慢地松开手，然后摇摇头拒绝了。我点点头，赶紧收住话题不敢再问下去，三十六计走为上。后来我又尝试了几次都没有成功，安妮博士总是拒绝。

安妮博士帮我做“更夫”，最终没有赶上火车！

与安妮相伴的日子里，安妮成了我的义务“更夫”，她经常告诉我：与人相处，最重要的是守时，浪费他人时间不但不能原谅，甚至可耻！提到如此高度，是我始料不及的。

有一次，我被邀请去外省林茨讲课，负责安排行程的米优先生细心备至，几次打来电话千叮咛万嘱咐，从维也纳出发的时间、车次。因为接待机构的人已经安排好，学生们也在那里等我，一定不能延误，第二天早8点整林茨火车站有人会接我。

热情的安妮博士知道后，立即拍胸肯定地说：“放心！孩子，有我在一定不会迟到！”并连绵不断地催我早一点休息，明天好早起。

收拾好讲课的文件洗过澡，我逐渐进入梦乡，刚入睡，迷迷糊糊中听到有人敲门：“噢，睡吧，孩子，刚刚一点钟还有很多时间哪……”是安妮博士，她还没睡觉吗？我想。

我抓过床前的表一看凌晨1点整，道过谢后，继续入睡。过了一会儿，安妮博士又在外面亲切地说：“睡吧，孩子，还有4个小时哪……”

从凌晨开始，每隔一段时间，安妮博士巡回反复来一次，报告时间，我被一次次唤醒，答应后，蒙眬中再睡，又唤醒，再睡，不断反复后，终于我像低血糖发作虚脱般昏厥过去，最后什么都听不见，坠入大海深渊彻底睡着了。不知又过了多久，耀眼的太阳从黄白色双层窗幔的空隙尖锐地射进来，我被刺眼的光线晃醒，立刻腾空跃起，抓过表一看，表准确地指向上午：9点20分。“OH，天！”我无力地颓然倒塌下去。

当我拉开门冲了出来，看见眼前的场景是：安妮博士只披了件单薄睡衣，赤裸双足，白金头发瀑布般披散下来，仿佛中国芭蕾舞剧《白毛女》中被解救出山洞重见光明的欧洲喜儿，趺趺撞撞，踉踉跄跄直奔过来，并高举起两手，像接甘露沐浴般不断地高喊：

“上帝啊！我的上帝！上帝帮助我们！上帝帮助帮助我们啊！……”

我怕安妮博士发生意外，赶忙迎上前去扶她坐下，倒了杯牛奶给她喝，希望她能镇定情绪，并竭力安慰。安妮博士仍旧喃喃呓语：“上帝啊，上帝，怎么会晚成这样啊，孩子，怎么会！……”声音由高转低，渐渐弱下来。安妮要找的上帝不知是否能帮助我们，但火车早已跑得无影无踪，离我远去。

那次，我多方致歉，反复检讨，主办方将讲课改在了下一个星期。这回，我没敢再告诉安妮博士。自己上好闹表放在枕边，当然我可以享受电话台的叫时服务，但又怕惊醒睡梦中的安妮博士，只为她留下张写好的字条，然后蹑手蹑脚地溜出了家。

去维也纳大学上课的时候，安妮博士几乎每天早早起来，披着睡袍在厨房帮我做早餐，倒上一杯果汁、牛奶或沏好英国红茶，然后安妮博士如经验丰富、操作娴熟的泥瓦匠，在面包上涂抹她自己离不开的黄油、奶酪、番茄、煎蛋或熏肉。

不能接受的是，安妮博士还经常厚厚地涂上自己热爱的猪肝酱，直接从冰箱取出的猪肝酱冷却后很腥，虽然我几次提出可以不抹猪肝酱，但安妮博士总让我再深入体会体会猪肝酱的特殊性。她说，只要慢慢品尝就能欣赏，主要是心态问题，我觉得我的心态很好，只是猪肝酱一直不能欣赏。因为跳舞多年，喜欢素食，不喜欢过多油脂与肉，为了不让安妮博士失望，以后就不再拒绝。因为这是安妮能为我做的仅有的事情，尽管不大，但老人从中获得的满足感、喜悦感，比是否有油脂吃肉更重要，起码对我来说是这样。或许，这是我们东方人，我的哲学，随意随和不纠缠。

那次，等您很久，安妮博士，您好吗……

以后，我离开欧洲又回到了亚洲，无奈之下安妮博士离开了我。

从此，安妮博士变成了我记忆仓库里的“房客”，闲暇时我会常想起她。不知道，她是否别来无恙，尤其牵念她那严重的心脏病与几乎残障的双腿，不知道她是否还住在维也纳与比特先生相依为命。

那年，重返维也纳时，我一个人曾去了安妮博士喜欢的，那个8区法国咖啡馆Café Elles里，带着包装好送给她的礼物，还有为她在香港买的治疗心脏病与风湿性关节炎的中草药，静悄悄地等过她，而且等了很久，很久，几乎望眼欲穿，每一位推门进来的客人，我都没有放过，我希望能有奇迹发生，希望与我分别太久的安妮博士能突然出现，希望让我飞奔过去暖暖地拥抱住她……

因为我知道：我的突然出现，会带给安妮博士怎样一个意外的、大大的惊喜，我能想象得出来，安妮博士承受这一惊喜的表情，该有多么激动不已，多么丰富兴奋……但非常遗憾，最终这个惊喜未能如愿，而我却愈加在未来的岁月里怀念她，我的房客，安妮博士。

安妮博士，您在哪里，还好吗？想您，是的，非常想……

“女强人”并非“女强盗”

很多年前，在从获得某种光荣称号的表彰大会上走下台时，一位颇有名气的记者迎面走到我面前说：“我想好好写写你，你是一位很特别的女强人。”

“不是。”我说。

记者先生释然一笑，好像早料到我得来这么一句。

那时，刚从“文革”的岁里走出来的中国人非常本分，低调谦虚，牢牢记住“谦虚使人进步，骄傲使人落后”的伟训，不仅低调谦虚还加上谨小慎微，谦虚与谨慎如连体婴儿不能分割。总之，就是要谨言慎行，俯首帖耳。当听到有人赞美时，你一定不要忘乎所以，需要头脑清醒，谦虚甚至略带惭愧地说：

“不行，不行，差得远，还要继续努力……”

说的时候态度诚恳，探脖低头，收腹弯腰表示恭敬，像《太极推手》里的动作你来我往，上推下卸，左前右后，不紧不慢地搞几个回合，才能皆大欢喜。少了“不行”，会被看成“翘尾巴骄傲自满”“自我感觉过于良好”等等。那时，人们多谦虚、真诚、朴实，极少功利心。

夜黑，隔岸看自己，心跳如鼓擂

记得有一次，我和柬埔寨皇室贵宾合影的一张放得很大的演出照，被挂到了王府井大街人民日报社的橱窗里。朋友们发现后兴奋地跑来告诉我，要我快去看看。朋友们说，玻璃窗里穿着演出服站在中间的我非常醒目，一眼就能看出来。

我一听朋友们是透过玻璃窗看见的，有点失望。那时，北京常有沙尘暴莫名其妙地刮来，尤其春冬两季，沙尘暴一来，出行女生要用纱巾裹头，口罩捂脸，男士没有什么装备只能戴帽子，压低帽檐，沙尘暴狂卷乱刮时，所向披靡，什么都能掀翻，男士的帽子常被刮走，经常看到一些男士推着自行车，满街追帽子。沙尘暴风扫残云过后，到处蒙尘，更不用说户外的玻璃窗，隔窗看什么都会模糊，如何肯定是我呢？朋友们看我无动于衷，很泄气。过两天，又有朋友告诉我，我想，也许真有此事，心，开始活动起来。

20世纪70年代初，中国门户不开，闭关锁国，集中精力学习，闷头搞运动。来的外国人很少，西方人更是寥寥无几，能见到的外国人主要来自亚洲、非洲和拉丁美洲。官方说，中国属于第三世界，而这些第三世界的朋友才是我们真正的朋友，这种同志加兄弟般的友谊，情深似海牢不可破。同志加兄弟中往中国跑得最勤的，是柬埔寨的国王西哈努克一家人，他美丽安静的夫人成了中国人眼中神一样的女性，西哈努克国王找个理由就过来，过来我们就兴师动众夹道欢迎。国王和夫人动不动就坐在周恩来总理身边，看样板戏参加宴会，官方媒体称他们是“柬埔寨贵宾”。

“柬埔寨贵宾”成了中国当时最大的VIP。至于和“柬埔寨贵宾”的照片，我一直没去看，主要怕人说“不谦虚、沾沾自喜，自鸣得意”，尽管心里有点好奇。

很多天后的傍晚，突然下定决心，想去看看王府井橱窗里的自己。因为那天一直落雨，下了整天，蒙蒙细雨中街上行人稀疏。挨到完全天黑，戴上帽子，尽管雨后空气清新，还是带上口罩，骑上自行车快速向王府井飞驰，真到了王府井大街又开始犹豫起来，去还是不去？万一碰到认识自己的人怎么办？

权衡之后决定就停在马路边，向对面依旧亮着管灯的《人民日报》橱窗远眺，望的时候如做贼，心咚咚咚地跳个不停，像刚打劫完旁边银行的盗贼，那种感觉很奇怪。由于距离远，加之紧张怕人认出自己在孤芳自赏，不敢久留，只片刻就走了，至于照片里的我到底是什么样的，还有其他什么人一点儿没有搞清楚。

我，是我自己

这位记者先生，当时的名气已经非同一般，极少主动采访谁，主要是拍了部很红的电视连续剧，算跨界人才，在中国走南闯北见过大世面，又是名人新星。记者先生权当我的谦虚是拾人牙慧，瞎胡闹，见怪不怪很宽容微笑地望着我。

“你想象中的女强人，其实是女强盗。”我补充道。

“那，你觉得自己是哪种类型的女强人？”记者先生虽眉心锁了一下，但很快归于平静，依旧宽容微笑地望着我。

“我，不用归类，我，是我自己。”我缓缓地说。

记者先生听完，以最快速度“咕噜”咽了一口唾液，看得出他顺便也把我仔细嚼了一遍。当然，由于我不接受采访，那篇采访文章也没诞生。不过后来我们却成了朋友，他现居英伦，据说很出色。

20世纪70年代至80年代初，被称作“女强人”是对女性最具划时代意义的赞美，是最高褒奖，如同当代人说的“成功”“精英”般掷地有声。

不但被赞美成“女强人”的人，觉得阳刚之气由丹田骤然升起，英姿飒爽、气贯长虹，就连赞美“女强人”的人，也被感染得精神焕发、容光满面，“女强人”鼓舞了很多人，令人干劲冲天。

那时“女强人”很朴素，发型几乎一律清汤挂面或橡皮筋在脑后一扎，一头乌发仿佛是长在别人地里的庄稼，不修不管不护理，头发只是作为一种存在的物质，任由其自生自灭。“女强人”所着衣服颜色不外绿、黑、灰、蓝加白，或略带小碎花的汗衫，经常翻到领子外面，几乎与男性混成一片。“女强人”全身心狂热投入工作，日出而作，日落不归。

家庭被“女强人”如纸团般抛到九霄云外，似乎唯一眷恋的就是工作。必须承认“女强人”绝不来虚的，个个都实干，视物质如粪土，严于律己，她们对自己要求近乎苛刻，甚至超乎常人般公而忘私，威慑与感动了很多人。因此，那时“女强人”具有相当的影响力、号召力、凝聚力，振臂一呼，队伍即出，追随的人不在少数，“女强人”每天都在只争朝夕大干快上，为国家，为集体，很少为自己。

很多“女强人”，如家喻户晓花木兰，不仅是中国的女中豪杰，被好莱坞拍成动画片后更是全球闻名。木兰自幼习武，尤攻剑术。汉文帝前元十四年（公元前166年），匈奴大举入塞，烧杀抢掠，木兰替老父从军，驰骋疆场，斩将退兵，木兰女儿身，却不让须眉，屡建战功。“女强人”具有超人超常的能力，干练麻利，犹如抢险救灾中的最受期盼的SOS，能解人之所急，救人之危难。

完全不同于现在的“女强人”，外延扩大太多，囊括进“女老板”“女大款”“女大咖”等色彩纷呈，艳丽翻飞，在原来非物质化的“女强人”概念里更加物质商业化。小轿车、大别墅、豪华游艇、私人飞机，外加前呼后拥如仆人般的司机保镖，肩挑手扛跑前跑后。“女强人”踩起超高跟皮鞋，身着光鲜奢华的时装，佩戴顶级珠宝，再添世界顶级名牌手袋箱包，如同练杂技表演，由原来吞铁球，变成挥杆高尔夫球。

今昔“女强人”，无须失去女性独具的魅力

今非昔比，现代版的有些“女强人”傲立时代最前端，凡能用钱购买到的，都能武装到身上、家里、办公室，比起以前单纯实干，灰头土脸的女强人，不可同日而语。经历过生活的历练后，人们逐渐发现生活中的女强人，其实是月朦胧、水朦胧，只能远瞧不能近观，当领导没问题，娶回家来做太太就另当别论。

寻找朝夕相处、日夜相守的伴侣与在“女强人”手下供职打

工，是两件风马牛不相及的事。如香港人每日必煲的汤，若先用黄油来炝锅，这汤，无论怎样学贯中西都不能吞下去饮。

香港的煲汤历史悠久，是食疗之最，汤可疗病养身，港人视其为生活的重中之重，每天必煲必饮，汤料要根据心情好坏、身体变化、节气转换等而调整。食材丰富考究，药材是煲汤中的必需，像淮山、黄芪、陈皮、天麻、枸杞、南北杏仁、冬虫夏草干货鲜货等取之不尽用之不完，不会煲汤的香港女士几乎没有，是零。

煲汤文化，不仅在香港盛行而且扩至世界各地。美国朋友来中国，任国际五星酒店总裁请我们去他家赴晚宴，上来的头盘是喝汤，而且喝香港汤！西餐头盘喝汤属于正常，但在美国朋友家喝香港汤，令我相当意外，而且他的夫人根本不在，谁会煲汤？细心的总裁看出我的表情流露出的惊讶，转身跑去，抱来一堆包装整齐，写有密密麻麻英文注解的汤料，像小山一样堆在我面前，骄傲地说是他香港夫人特地为他制作的汤料包。

总裁说，她的夫人做老板，自己公司事务非常繁忙，过两个星期会来北京，一定请我们喝夫人煲的正宗香港汤，美味至极，说时幸福之中还兼有小小得意。总裁夫人其实也是一位成功的香港女性。后来相聚的时候，她少言寡语，非常文静，脸上总挂着微笑，但手脚勤快，把大家关照得很仔细，汤也煲的极美味，回甘很久。

指挥丈夫如使用下属般得心应手，丈夫们开始新鲜，不以为然，虽然苦不堪言也还可坚持，坚持一段时间后，发现生活怎么这么累？于是开始想入非非，开始身在曹营心在汉，对女强人阳奉阴违，口是心非，甚至越界，有人描述这种情况：家中红旗不倒，外面彩旗飘飘。

早期“女强人”由于的确能干，无私朴实赢得社会的尊敬，而那时的尊敬，我想是真诚的。尽管如此，我仍拒绝接受成为女强人的“赞美”。因为女性，哪怕已成为强者的女性，在我心中，首先应该善良恭谦，慧惠宽和，女性不能失去自己独有的美丽与魅力。

女性立身社会尽管出类拔萃，但一定要雄化自己吗？

我常想，女性出类拔萃立身于社会，甚至立身于主流社会中，一定要雄化自己吗？

女强人的雄化渲染，社会舆论的介入起到推波助澜的导引。男性成功时，人们极少从性别上着墨渲染，男性的成功似乎是顺理成章、自然而然的事情。女性稍出色，就要冠之一些带有性别之分的定语，如“女”中豪杰、“铁”娘子，尤其“铁”娘子在女性称谓“娘子”前置个“铁”字，未见其人先让人觉得手脚冰凉，这是怎样一种恐怖的感觉，对女性温情美好的向往瞬间一扫而光。

全球公认的“铁娘子”，英国第一位女首相，掀起西方政坛狂飙的撒切尔夫人，面对蜂拥而至的媒体发问：

“你，作为女首相有什么感想……”

“不，不知道！因为我从来没做过男首相！”思维敏捷机智幽默的撒切尔夫人巧妙避而不答，后来她干脆拒绝回答类似问题，因为她觉得这种提问存在着性别上的歧视。

女强人，这个词，表面看是女性地位的提升，但潜意识里暗含着对成功女性的藐视与妒忌。女性似乎只有变成如寇如盗才可成为强人，尽管个别强人女性有些雄化，但这绝不是全部强人的女性。女性立足社会其实遇到的压力很大，有些还是生理结构所至，带来的身体变化以致情绪不稳定，甚至还有纠缠不清的性骚扰。通常女性都要独立面对这些挑战，承担这些压力，之难可想而知，因此，获得成功的女性所付出的艰辛是巨大的。

女强人，这种称谓不仅存在着对女性歧视。而某种意义上对男性也未必公平，男性长期天经地义地在社会家庭中扮演重要角色，就是顶天立地的主角。主角之所以重要，在于只能成功不能失败，男性负载的压力越来越大，成功皆大欢喜，若不成功又该怎样呢？如工作失意、商业失败、朋友失和、身体患病……那么，是不是就意味着失败的男性也得享受一次“女尊男卑”的感觉，而生活在一个充满竞争的现代社会里谁又能保证不失手、不失败呢？

在中国几千年历史中，经历了漫长的封建社会。龙阳父男、凤荫母女意味着帝王君长，妃妾臣下。历史中的很多图腾都是龙上凤下。汉字中的没有自由，被苦役劳罚，甚至可以当作商品买卖的字就是“奴”，而“奴”字一半是女性，“奴”成为女人自谦的称呼。

据宋史载：一人之下万人之上，倾国倾城的杨贵妃也得“与群臣语，尤自称奴”。而后，终绝了漫长的封建社会，女性地位从谷地逐渐上升，开始走向男女平等，长期受压抑的女性逐渐被唤醒了主人感，有了参与社会的角色意识。不仅解放还彻底翻了身，当然“翻身”过度，男性意外地变成了“床垫”。

当代的女性，虽不必束巾披氅，甩着小脚如梁红玉擂鼓上阵威风凛凛抗金兵。随着女性角色的不断转换，她们对社会各阶层进入参与，由原来的辅助、搭配、侧翼角色，逐渐扶正一跃成为社会的主体，才华卓越的女性担当起男性一样甚至超越男性的角色，且声誉日隆。

20世纪90年代中期，保守的日本政府里由新党、社会党与自民党三党结盟形成的铁三角，牢牢控制着日本国策，稳定支撑着政坛构架，而除自民党主席日本首相桥本龙太郎为男性，其余两位都是女性。新党主席，日本上议员AKIKO DOMOTO为此专门写了一篇文章发表在1997年的《时代周刊》上，同时还刊登了一张三人合影。两位女主席仍不失自己女性风度，剪裁合体的服装加上清淡化妆，看上去信心无比。

女性应多元，事业有成人更暖

女性在追求成功的时候，同时也应保留女性中温和、温情、温柔、温暖的优美品德，这就是你的魅力。而魅力并不需要艳惊四座的漂亮面孔，相貌虽平常，但心地纯善、和蔼可亲，具有同情心，善于聆听、领悟他人的倾吐，自己不必滔滔不绝，但应是娓娓道来，甚至带有幽默感，幽默可以不经意放射出智慧的光芒。外在的靓丽夺目，只能取悦人的眼睛，而内在的善美纯净，才可以感染人的灵魂。

女性生活无须浓妆艳抹。良好的形象，远非化妆涂抹而成，提振自己的不是外在，尤其，大庭广众之下补妆，涂唇膏、刷眼毛，甚至挖鼻孔、掏耳朵、剔牙，令人诟病、不屑。有次我被邀请为成功女性企业家讲演，放眼望去，很多女性企业家身着五颜六色的旗袍，可能会场空调制冷出了些问题，身着旗袍成功的女性企业家，不顾一切，撩起旗袍前摆，任意扇凉，里面内裤一览无余，场面很惊人。中国旗袍独具东方魅力，庄重华贵，倾倒了很多人，尤其欧洲女性。

初到维也纳，奥中友协主席凯明斯基博士与他夫人来家用晚餐。席间，凯明斯基博士说：奥地利与中国已经建交18年，还没有一位中国主持人，你现在在维也纳，应当让奥地利人看看来自中国这么美丽的主持人。那时，我到维也纳不足3个月，德文会的很有限，有些犹豫，但，一想中奥建交18年了，奥地利人都没有见过中国人做主持人，就愉快地答应了。

凭着自己的记忆优势和一贯的自信与淡定，那天，出现在了奥地利的舞台上。一袭洁白的丝织旗袍，一根垂到腰际的乌黑大辫子，带着中国女性特有的神韵，款款走出来，掌声经久不息。

演出结束，我被热情的观众团团围住，要求合影，签字。来自新加波、马来西亚、中国台湾和香港的华侨兴奋地说：从来没有听过这么好听的母语，好像回到祖国。拉着我的手久久不放，而令奥地利女性观众尤其感兴趣的，是我的旗袍。

奥中友协主席凯明斯基博士激动地跑来请我出去，他说："太棒了，奥地利人第一次听到这么美妙浪漫的中文，这么优雅美丽的中国主持人，所以，我们的总统想亲眼看看你，他在外面等你……"但，我觉得扔下排长队的观众不顾扬长而去，不够礼貌，见总统还不如和观众讲中国旗袍更有意思。

奥地利人由于第一次在公开场合看到中国旗袍，充满好奇，惊喜之余，又无法想象我的旗袍是如何穿进去的，而且线条那么流畅。我缓缓地讲给大家关于中国旗袍的文化，旗袍是我们的国服，文化深邃，美学独特，尤其裁剪制作工艺，见总统的事就彻底忘了。

一会，凯明斯基博士再次跑来，他说："总统先生鲁道夫·基希施莱格（Rodolf Kirchschlväger）博士问你是不是中国人……"

我说："不是中国人，还会是哪国人。"

"大家都说你像日本人！"

"日本人？不！百分之百中国人！好，让我们一同见总统。"

西方人说："走进男人心，必须先通过他的胃。"

职业女性假期或周末休闲时，可以自己动手插些花，听首美妙音乐，读本好看的书，或烹调创作一两样菜肴，使生活平添更多惬意，二人世界变得浪漫丰盈起来，在丈夫的赞美中你还会得到一种由衷的满足。

导演出身的冰岛民选女总统维格迪丝·芬博阿多蒂尔（Vígdis Finnbogadóttir），周末假日里人们常看到她自己推车去超市买菜，身边绝无膀大腰圆，戴墨镜警觉如猎豹般的保镖，总统见到熟人朋友还会主动问候，平民百姓也可以找总统聊几句，无拘无束，此时的总统不再是叱咤政坛、指点江山的风云人物，如同隔壁邻家好友，平易随和。

英国朋友萨利，经常感慨地讲起在晚宴上撞到当时英国首相撒切尔夫人的事。

那天萨利出席一个上流社会晚宴，英国王室、政治要人、文化明星、富商巨贾云集。正式开始前，众人拿着酒杯谈笑风生，走来走去相互问候。人群中的萨利见到久违的朋友后，奔跑起来，不小心一下撞到了首相撒切尔夫人身上，慌乱中又将酒杯里的红酒泼到了撒切尔夫人亮丽的衣服上，朋友萨利尴尬万分连连不断说：

“Sorry, I am so sorry, I am so sorry…”惊得萨利目瞪口呆，不知如何是好。

“Hi，你好吗！很久都没有看到你了，很忙吗？”撒切尔夫人面带微笑，若无其事地问道，并伸出细长温暖的手扶住了慌乱中的萨利。

萨利顿时大惑不解，无论如何也想不起，在哪儿？什么时候？见过这位首相撒切尔夫人？立刻愣在那里，此时，撒切尔夫人已经在保镖的簇拥下离开。

愣在那里的萨利，突然恍然大悟，Oh，太厉害了！撒切尔！

撒切尔夫人真不愧是位出色的政治家！尴尬的突发事件，撒切尔夫人以其优秀的素养只在瞬间再次完美了自己的公众形象，同时迅速解脱了尴尬中的陌生人，并且不留痕迹，这种危机公关艺术发挥得如此天衣无缝，令萨利至今不忘，经常讲起这场奇遇，一次与首相夫人的奇遇让萨利讲了无数次，也让更多人感悟到撒切尔夫人的不同凡响。

新时代成功女性，受之瞩目并非因为显赫财富与权力。睿智博爱、幽默优雅、具有精神向往、心怀善美的女性才是社会的珍品，这样的女性肉体与灵魂和谐，能宽厚地直面痛苦与磨难，每临大事有静气，不怨天责人，不嗔怪怨恨，能因宽容地欣赏这世界中的美好而快乐，最终平和地将宽爱献给社会人类。

一位成功的女性，甚至成为强人的女性，完全没必要变成大山险峰般的巍峨冷峻，使人只能仰视，望而却步。我希望：女强人无论如何不会，也不是女强盗。

偶像

时尚出版社打来电话，要选一位具有代表性的女作家，写一篇关于自己偶像的文章，被我果断谢绝。因为，首先我不是作家，其次我谁都代表不了，唯一能代表的就是我自己，有时自己都代表不了。今日看前朝，时而会汗颜。

谁知，不久出版社又来电话，催问稿件之事，我认真推脱后，出版社仍然坚持，强调喜欢我的文字与风格，版面已经设置好，还是要我写，我不善纠缠，只好说再想一想，这事就拖下来，以致彻底忘记了。等出版社再来电话时，是关于文字校对的事，因为马上要排版印刷了，我才觉得事态严重，突然想到一句俗语：凡事不过三。于是，平心静气，动手写“偶像”，可是，谁，会是我的偶像耶？

当今偶像大多COOL

当今，走进女性视野里的偶像大都性感，大都COOL，八块棱角分明的腹肌，凸显隆起的胸肌、肱二头肌，硬朗冷峻的脸庞，高挑威猛的身材，摄人心魄的目光，如达·芬奇的油画《蒙娜丽莎》那勾人妩媚的眼神。所有瞻仰过这幅世界名画的人，都恍惚觉得蒙娜丽莎原来对自己情有独钟，欣赏她时，蒙娜丽莎似乎一直都在注视自己并微笑着。

我在巴黎欣赏这幅世界名画时，几乎是冲进去的，站在《蒙娜丽莎》前，汗流满面，满头冒热气，还未站稳看清，又被热情的参观者挤到边缘。太多来自世界为瞻仰《蒙娜丽莎》的人们，众志成城集结在一起，里外重围，水泄不通，大家都想让蒙娜丽莎好好看看自己，对自己微笑微笑。

偶像，经常被欢呼沸腾的“粉丝”们，搞得热血贲张，湿漉漉地抖擞着身体每个部位，散发出经久不息的魅力。世界巨星迈克尔·杰克逊的演唱会，不论在哪个国家举行，全球“粉丝”追随如潮。每次演唱会都有急救车候场，警察、医生是迈克尔·杰克逊永恒的道具，无论在哪个国家举行每场必备。目睹巨星表演，尤其杰克逊的机械舞和太空步如神话般，一次次把整场演出推向高潮。

迄今为止，迈克尔·杰克逊在全球的唱片总销量超过10亿张，King of Pop（流行乐天王）这个称号对他来说当之无愧，他被誉为世界上最伟大的流行乐表演艺术家，其舞台魅力无人可比！杰克逊在他个人45年艺术生涯中，拥有13支美国冠军单曲，获得了13座格莱美奖和26座全美音乐奖！

演唱会中，迈克尔·杰克逊的“粉丝”们，由于亢奋过度被抬出的大有其人，“粉丝”们的昏厥不但有增无减还前赴后继，甚至有因极度狂热导致心脏骤停者。追随心中偶像，“粉丝”们绝不计任何代价，为买到一张迈克尔·杰克逊演唱会入场券，还有层出不穷、眼花缭乱的纪念品，多少人贷款举债，倾家荡产也在所不惜，甚至生命即可抛。

鲍比·泰勒，他唱给我的 *Summer Time* 总在耳边萦绕

迈克尔·杰克逊的老师鲍比·泰勒（Bobby Taylor）是我们的好朋友，他曾以挖掘“The Jackon 5”（杰克逊五兄弟）而扬名。当然，鲍比·泰勒自己也是一位出色的音乐制作人，并且担任很多乐队主唱。鲍比·泰勒与温哥华人乐队（Bobby Taylor & the Vancouvers）以及很多乐队都曾联袂演出过，还出版过个人专辑，鲍比·泰勒的一生只与音乐为伍，是纯粹的音乐人生。

每次鲍比来家做客，他除了与约瑟大谈音乐外，还酷爱我的私家菜。鲍比以素食为主，奶酪要有，他非常喜欢我用香菇，干贝，海带，木耳，粉丝，橄榄油，香茅根汁慢慢炖出来，出品时，再撒上白绿相间、新鲜青葱的养生菜，色彩味道不仅独特而且健康，鲍比说这是他吃过的最棒的美味。每次心满意足用完餐后，鲍比最后回赠我的，就是唱我喜欢的那首*Summer Time*。

Summer time

盛夏时光

And the living is easy

生活简单且安逸

Fish are jumping

鱼儿腾跃而起

And the cotton is high

棉花繁茂高长

Oh your daddy's rich

噢，你的父亲是富有的

And your mamma's so good looking

你的母亲美丽动人

So hush little baby

哦，小宝贝

Don't you cry

不要哭泣

Summer Time 这首歌无论旋律与歌词都很美，夏季乡村，单纯惬意，懒散随性，爸爸妈妈与Baby一幅和谐美满的画卷，意味悠远，第一次听就难以忘怀。虽然我听过很多欧美不同版本的演唱，但听鲍比·泰勒演唱时，总有一种非比寻常的感觉，黑人歌唱家的声音具有一种特质的磁性，无法复制，尤其鲍比还是位演唱“灵歌”的高手。

黑人凭借天生非凡的音乐才能、虔诚的宗教心灵和对欧洲新鲜曲调狂热的激情，把非洲特有的节奏和感觉融于欧洲赞美诗，创作出一种平稳、流畅、细腻、舒缓的音乐，发展为众所周知的音乐形式——“灵歌”，它是黑人奴隶的宗教音乐，是用英语演唱的民间赞美诗，这种音乐与心灵共融。

鲍比·泰勒，还在我们的北欧艺术空间举办了私人音乐会，因为他太喜欢约瑟设计的大厅毫无音响装置的声效，四面或多角度对撞再返回来的声音极其柔和，频率非常稳定，使他觉得浑然天成，自然而然，声音听起来尤其亲切温暖。

很多驻华大使听说鲍比要开独唱音乐会，也放下工作慕名赶来聆听，令鲍比·泰勒很激动，他说能有这么多大使出席他的私人演唱会还是第一次。演出结束致辞时，鲍比·泰勒非常动情地说：曾经有幸在世界百余国家举办音乐会，但从未想到，在中国更有幸的是：借艺术家自己创意、设计、亲自改建的废墟和垃圾场上的艺术殿堂里，举办自己的独唱音乐会，令他有一种非凡的感觉，终身难忘，这个夜晚尤其美好。

鲍比·泰勒谈到音乐时经常喜欢回忆：第一次看到迈克尔·杰克逊五兄弟表演时，最吸引他眼球的就是那个在舞台中心旋转不停，全身充满活力的小男孩——迈克尔·杰克逊。以鲍比对音乐的敏感，他说迈克无疑将是一位前途无法估量的未来之星、音乐天才。小小年纪的他无论音乐感觉、节奏、表演都极其超群。

尽管如此，迈克尔·杰克逊今天成为轰动全球追捧的偶像巨星，“粉丝”遍布世界，对鲍比·泰勒来说无论如何都是始料不及。他只能感慨万分地说：“太棒了！迈克尔真的太棒了！”说到情深时，鲍比总会得意地拿出他与迈克五兄弟的合影照片，展示给大家。欣赏这些照片时鲍比·泰勒满脸幸福，看来这些照片鲍比是随身携带的，有点像信徒们的护身符。

偶像，确实可以呼风唤雨倾倒一片，他们的一举一动，都在牵动着世界角落里狂热“粉丝”的神经。偶像，变成万千大众的梦中情人，生活中的缺憾与不尽人意，由偶像在自己梦中演绎成完美无暇，令人得到不少精神补偿。崇拜偶像如同宗教信仰，选择坚定相信，不容置疑，且渗透骨髓中。

仅凭一本1957年，新文艺出版社出版的，没有前言编者按，甚至没有作者生平介绍，老旧的小书，悄悄走进心灵深处，并在那里安营扎寨成了偶像的为数不多。而我的偶像，就是这种另类，没有喧嚣嘈杂，没有响彻云天，没有世界惊艳，而且，还是上个世纪出生的，一个鬓发斑白来自印度的老头，这样的偶像我读他时，他是否伟大，是否重要，我一无所知。

维也纳大学同学，不一样的偶像

偶像，似乎是这个世界永不落伍的话题，经常被问到。在维也纳大学学习时，教授就选了这个题目，让大家议论：谁，是您的偶像！这下教室立刻沸腾起来。

非洲同学抢先表述了他们对南非总统曼德拉（Nelson Rolihlahla Mandela）的无限尊崇。曼德拉这位反种族隔离的英雄，为争取南非人权，自由与平等，甘愿将牢底坐穿的大无畏气概，在某种意义上，曼德拉代表的不仅仅是南非，而是整个非洲，整个世界，所以理所当然红透全球，名至实归。

曼德拉总统，为了信仰，绝不妥协，绝不出卖自己的灵魂，几十年的铁牢生涯，忍受严刑拷打与不尽苦难的折磨，他的勇敢、坚强、坚韧和坚持，感动了每个人，当然会令人肃然起敬。尤其，当媒体访问曼德拉时问他：是否还在记恨那些曾经伤害过他的人？

曼德拉平静地说：“当我走出囚室，走出监狱大门，迈向自由，我已经清楚，自己若不能把悲痛与怨恨留在身后，那么，我其实仍在狱中。”

非洲同学讲到曼德拉时神态庄严，情绪相当亢奋，高昂着头眼望天空，几次情不自禁地张开双臂，身体向前倾45度以上，似乎要拥抱什么，好像英雄曼德拉总统，已经来到了我们的课堂，站在大家中间。在聆听过程中深受感染的教授，猛点头给与肯定。

波兰同学不甘落后，按捺不住对自己总统莱赫·瓦文萨（Lech Walesa）的情有独钟。那时工人出身的瓦文萨异军突起，如日中天，在东欧闹得很凶，领着团结工会所向披靡一路挺进，直到进了华沙的总统府，莱赫·瓦文萨自己当了波兰的首脑，不仅领着团结工会，还领导波兰人民。莱赫·瓦文萨经常摸着自己梳理得精致的“八”字小胡子，向为他欢呼的民众挥手致意，世界媒体才逐渐安静下来……

轮到我时，我满怀信心，深情地提起了偶像泰戈尔。谁知教授的深蓝眼球“嗖”一下，迅速卷走四分之三，同时肩膀与嘴角高高提起，过了一小会儿才放下，惊奇地问：

“Wer?! Was haben sie gesagt? Was macht er?”

（谁？！您在说谁？！他是做什么的？）

教授的困惑令我有点失望，但可以理解，因为“泰戈尔”这三个字我讲的是中文，教授当然听不懂，因为，那时我无法拼出泰戈尔名字的外文称谓。我只有一本已经残旧的、薄薄的在中国出版的泰戈尔散文《游思集》，没有外文注释，所以我无法准确知道泰戈尔的印度文应该怎样念。

我生长在“文革”那个特殊的年代，那时，当我第一次意外读到泰戈尔散文时，瞬间仿佛跌进一个如梦如幻的世界，我从未读过如此细腻清新、纯雅唯美的散文，而且，是出自一位鬓发斑白的老人家之笔。

这样的初识便相知。以后，我走过很多国家，无论行李大小，这本泰戈尔的《游思集》永相随，它从未离开过我，每次都会小心翼翼地带在身边，欧亚美非、南极撒哈拉。泰戈尔的散文，变成此生不能割舍的部分，有他相伴，生命变得更加纯洁，更加静谧，更加通透，更有质地。

为他的文字而倾倒，一位来自印度的老人——泰戈尔

第一次阅读泰戈尔散文《游思集》，那个夜晚，是我生命的高潮，至今记忆犹新。

我反反复复仔仔细细地读着，每一个字，甚至连标点符号，

都不肯放过，这本泛黄的小册子，《游思集》单薄的仅有66页纸，66页，每页都是幅美轮美奂的画卷，我像一个踉踉跄跄挣扎在荒漠里，饥渴许久的孤独旅人，望见一汪清澈见底的碧湖，未饮，先轰然倒塌。

他写道：“哦，若是我心里藏着一个秘密，像夏云里没有滴落的雨珠，一个掩藏在静谧之中的秘密，我就能带着它漂游异乡。

“对于你，小花朵，我好像就是黑夜，当你在清晨睁开眼睛时，我要把你留给一蜜蜂嘤嘤，鸟声婉转的世界。

“世界因青春的苦痛而悸动，苦行的修士在你的脚边放下他朴素的果实。

“你在众神的面前舞蹈，把神奇的韵律轨道扫荡一空……

“请赐我以爱的崇高信赖，这就是我的乞求——那种敢于言谈，敢于行动，敢于听从你的意志而忍受的苦难，敢于摒弃万物或被万物摒弃的勇气。在奔赴危险使命中，请赐予我坚强，以痛苦来荣耀我，并助我攀登那每日为你贡献的艰难心怀……”

泰戈尔的文章如此美妙，静悄悄、轻柔柔、温润润，像夏雨淋净的一蓬，洁白盛开的茉莉花，恬淡中散发出幽幽的清香，含蓄悠柔，婉约隽永，让人感受到一种处变不惊，生存的和谐。突然，他唤醒了我压抑多年来对美好的神往，心中那个美妙虚幻的世界，不再朦胧，不再遥不可及，反而越发清晰亮丽起来。

这本小书如高悬头顶的明灯，照亮喧嚣嘈杂，被滚滚红尘蒙蔽已久的干枯心，瞬间在我心中绽放出一片新绿来，我突然感受到一种蓬勃向上的能量，这种能量由小及大，毫无疑问是来自心底的真与善，它深刻挖掘出掩埋许久的美与爱。

多少年来，我被泰戈尔的散文诗歌安抚着、浸润着、感动着，我们是精神挚友，由一见钟情，变成生命中不能分离的一部分，这中间没有喜新厌旧，没有模棱两可，只有，从一而终永不分离。

我的偶像，始终温暖地鼓舞着我，尤其在那些孤寂落寞、疲惫不堪的时候，每一次读泰戈尔的文章，就像聆听久违的老友温良的倾吐，心扉瞬间打开。这个如此亲切、细腻无间的声音，直接进入我的精神世界，从那时起，我时刻都在自己心灵的深处，体会着他的存在。

从照片上看泰戈尔是一位鬓发斑白的老人，但他写下的那些文字，却如天使般清纯优美，没有争执、尖锐的东西，没有伪善、高傲或低卑，没有强势、胁迫或威逼，这种罕见的精神美，让我体会到人性中稀有的高贵。

后来当我重返亚洲，开始有机会阅读到更多泰戈尔的散文与诗歌。才知道，早在1913年，我的偶像泰戈尔就获得了诺贝尔文学奖。我想，这样人人艳羡的荣誉对泰戈尔来讲，或许并非有那么重要，但他，无论如何都是实至名归、当之无愧的。

我希望：在未来岁月的某一天，现代高科技的虚拟现实、三维成像、多轨环绕立体声能将泰戈尔的优美文字幻化成真，在这物欲横流、唯利是图的现实中，无疑将会带给人们一股沁人心扉的清流，一种弥足珍贵的、纯美圣洁的精神享受。我由衷地期待着，这一天的到来，相信不会太远噢。

来生，我会等你，再找你

最后，我想说："假如，假如还有来生，当我们在那遥远的世界行走时，若能重逢，我将无限惊奇地停下脚步，静静地等你，再找你，我的偶像，拉宾德拉纳特·泰戈尔（Rabindranath Tagore）……"

品位≠价高

品位是否取决于价格高低？品位是否可以购买？那么什么是品位？

紧张快速、腾空而起的现代化生活节奏，是无硝烟的战场，虽大家不需要提着武器上班，但分秒必争，时不我待。转瞬又一年，转眼即人生，抓不住转瞬即过的机会，一笔投资、一份合同，就会失之交臂甚至毁于一旦。一桩楼宇买卖也会被他人拿走，或房主变卦改变初衷，我在香港做地产的学生说，曾经仅仅差 20 秒，近千万元订单眼前飞走，说时语气还让人觉得依旧惊悚。

金融市场里股票也可以因为一个敏感信息，顷刻泄市断崖式下跌，跌入谷底，又莫名其妙再反弹甚至涨停，天地板错乱多少人，每日起起落落、跌跌撞撞，最受刺激的是券商和股民。

巨变时代世界到处充满变数，每个机会一旦到来，人们必须打起千百倍精神迎接挑战，因为，没有人怜悯失败，强者恒强，机不可失，时不可待，所以香港人常说“忙得飞起”。

家，静谧之泊

既然外面世界这么刻不容缓，这么紧张窒息，奔波中的人们开始强烈地感受到需要一个宁静如港湾一样的家，一个完完全全属于自己的独立空间，让一颗烦乱燥热的心清凉安静下来。人们思考如何营造自己舒适温暖的小巢，将它装点成自己心仪的家。于是，装修便不惜一掷千金，消费几百万，千万，乃至过亿为自己的家豪华装修，但这些巨额的投入让人看见了些什么呢?

仿佛像参加集会听到一篇思维紊乱、逻辑缠绕，半天切不进主题的讲话，尽管讲演者情绪高亢激荡，沉浸在自我情绪里，但离场人还是络绎不绝。莫名其妙的家装太多装饰甚是累赘，看上去不但不舒适轻松，反而使人煎熬，这样的“家”非但不能安静下来，反而更闹心。

我曾受邀出席一位赫赫有名的日本巨富举办的私人音乐会。

这位巨富名扬亚洲，欧美人可能还不清楚，他曾在 20 世纪 80 年代迅猛突起，90 年代初中达到成功的峰巅，几乎是商场追求成功的楷模，他的爆发力很强，迅速在亚洲建立起一个庞大的零售王国，是真正的巨富财阀。

家不赘述，仅站在那被称为“洗手间”的房间里，就会莫名眩晕。“洗手间”分成内、外两大厅，铺着香槟色厚厚的双层的纯毛地毯，摆满粉红色丝绒镶金边高背欧式白色靠椅，梳妆台上搁置以金色纯金质地为主的各种饰物，发刷、纸巾盒、洗手液、护手霜等金光耀眼，到处插满了名贵的干花鲜花，喷撒着浓郁香水，垂挂的水晶灯、顶灯、吊灯、壁灯、台灯，让“洗手间”富丽堂皇如宫殿般，周围配有鞠躬至 90 度，训练有素，服务精准，着装讲究的佣人“洗手间”里，令我心不在焉：“这到底在哪里？”

我的意识流令我想入非非，如厕时，突然脑海里冒出林语堂老先生的一句话：“应如女人裙子，越短越好……”那个被确定成为“洗手间”的地方其实才只是这个家的小小部分。

那一晚我的感觉很不自在，周身发紧，当然来自日本音乐家演奏的曲目与技巧，还很出色，但听完音乐会赶快跑出来，“家弄成这样，还温馨舒适吗？”在回来的路上我问自己。

生活中当你看到迎面走过一位手指、手腕、脖子、鼻子、耳朵都镶满金器的女士亦或张口满嘴金牙的先生，除了令你眼前如正午阳光犀利刺激外，几乎无能为力欣赏这种品位，尽管它们是昂贵的，价值不菲。

黄金，由于稀有和材质特殊性，成为财富和地位的象征。纵观人类历史，无数人为之痴迷和疯狂，黄金甚至一度成为罪恶、贪婪、腐化的根源。文学中，引诱众人沉沦；现实中，引发血腥的战争和屠杀。黄金，这一贵金属，是各国重要的储备资产，是世界货币的币根。

但黄金做饰品，尤其24K的金饰，黄澄澄木讷讷颜色如不抛光，生硬呆痴，呆头呆脑毫无生命力；若全抛光，更令人惊讶，金光四射，眼花缭乱，躲闪不开顿感疲惫；若全身披挂还会令人产生一种莫名其妙，异军突起的暴发感觉。

每见此景常想起泰戈尔的那句："鸟翼系上黄金，鸟儿，便永远不能再上天空翱翔了。"这种金属饰品搭配任何颜色、任何质地的服装，鞋帽都很难协调。所以欧洲女性很少带24K金饰品，多为21K（较少）、18K或14K，因为这些类种的金饰品颜色比较柔和温暖、低调。

气质自是风雅。如果没有内在气质，就算周身披挂乔治·阿玛尼（Giorgio Armani）的时装，喷满香奈儿（Chanel）香水，脚蹬伯鲁提（Berluti）皮鞋，手提爱马仕（Hermès）箱包，也不觉得这些衣饰有多么高级高雅，与街边小摊的水货相差无几。心理学分析：追求穿戴名牌的女性很多想让人觉得自己高贵。

有无品位与是否穿戴名牌无关。英女王身居万人之巅，世界女性拥有财富最多者之一，从来不穿所谓世界大牌，反而请设计师设计符合自己个性的服装，很有品位，她的彩虹色系套服装配有帽子、手袋、胸饰，惊艳了无数女性，而这些美丽的色彩，基本都是亮色，女王最爱的“皇家蓝”、“少女元素”碎花系奶油黄、粉红色占据服装比例的 70% 以上，女王对珠宝设计情有独钟，婚礼时收到 96 颗缅甸红宝石，1978 年就自己亲手设计到王冠之上。

取之大自然，美不胜收

品位讲究个性化，有时自己动手，尤其取之于大自然中的物质，可以创造出相当独特，甚至无法复制的品位，而自己在这一创作中，还可获得一种唯美的欢愉。

比如，灯罩，就不一定去买，买来的未必是你想要的，与家中其他饰物颜色风格未必协调统一，自己设计自己制作，随心所欲，快乐无比。

有一天，好朋友吉娜（Gina）打来电话请我去她家吃晚饭，这无疑是好消息，因为我很喜欢法国食品。吉娜酷爱我的私家菜。尤其我的拌饭，这是借鉴中东的焖饭，加上我自己创造的一种煮，焖的特别方法，将米中放橄榄油、柠檬、小小海盐，先煮后焖，成熟后，再淋上葱花碎、姜蓉加海盐的汁，配有酱料、海苔、芝麻、松子等进行搅拌，醇香美味，食不释口。吉娜吃拌饭兴致达到最高时，常发出一定请我品尝她的正宗法餐的邀请，每次都让我怦然心动，因为大家都忙，一直没行动。

吉娜虽然来自西班牙，但先生邓肯（Duncan）是法国人，吉娜酷爱法餐，会做很好很正宗的法餐。我喜欢法国饮食文化中所具有的入口入目两者完美的艺术品位，可以与经典中餐媲美，浪漫独特甚至还带点幽默感。我对法餐的奶酪也感兴趣，尤其爱 Roquefort 蓝纹奶酪，配上冰镇 47 度的白葡萄酒，微醺后，美不胜收，很多创意由此产生。以至后来讲创意尤其高潮时，最想要的便是手持一杯冰好的白葡萄酒。Roquefort 蓝纹奶酪虽好，但热量较高，只能常常意念，不敢“实践”。

享用法餐，最好不坐在饭店里“享受”。主要受不了旁边站着穿戴笔挺，过于专业的侍应生，无微不至的关照使我变得不自在，好像有游戏规则似的，要撤菜同一时间共撤，即使你还没有完全享用完，也得眼睁睁看侍应生端走，吃太慢了又不忍心让大家等自己，那感觉很割爱，就算心有不甘还得照撤，不喜欢还有就是饭店里正宗法国大餐的价格。

吃法国餐，对我来说最惬意的莫过在家中，烛光、音乐、鲜花，轻轻松松随随便便，有意思话题可以深入开展，细细慢聊，和朋友在一起完全放松，不必客气，自己照顾自己，亲切、随便、无拘无束。

快到吉娜家时，吉娜与丈夫邓肯早在门口等了，吉娜浅棕色头发，自然大卷花盘在脑后，很漂亮。邓肯，法国人，很腼腆，在出版社工作，长得非常像画中的耶稣，我说邓肯像耶稣时，邓肯虽然满意但总是羞涩地微笑不语，有时也很顽皮幽默地说："我一定找机会拜访耶稣先生。"邓肯人非常善良，喜欢中国文化，尤其老子的哲学，他自己也写文章。西方很多知识分子都喜欢中国老子，最初到欧洲，当朋友们问到"牢记"时我相当很困惑，不知道是哪方神圣，后来明白"牢记"就是老子，西方很多知识分子都对老子哲学有浓厚兴趣，甚至还可以讲几句老子的语录。

我认识吉娜与邓肯时，他们自己还不认识对方，半年后看到他们牵手散步才知道，他们一见钟情了。

吉娜把餐台铺上自己裁剪缝制的、用上好棉质黄色碎花镶蓝边的台布，点亮了一对高高的、粗粗的、红红的蜡烛，有点令人幻想到古代中国的洞房花烛夜，似乎还能听到唢呐响起。

吉娜特地放了一盘二胡独奏的 CD《平湖秋月》。平湖秋月，是西湖著名美景，平湖秋月高阁凌波，绮窗俯水，平台宽广，视野开阔，纵目高眺望远，但见皓月当空，湖天一碧，金风送爽，水月相融，不知今夕何日。悠扬婉约的旋律缓缓流淌，脑海里淡淡地闪出万籁俱寂的湖面上投下一弯清明圆月的夜晚，良辰美景动人，其实平湖美景，又何止秋季，何止月夜，调到恰到好处的灯光更让人觉得温馨浪漫。

忽然，我被天花板坠下的吊灯深深吸引住。象牙色灯罩上贴满了淡玫瑰色的三叶玫，三叶玫被灯光映得通透娇媚，看上去像一个盛开的花球，而不远的落地灯罩的三叶玫已经变成浅棕色显得那么和谐柔顺，浅棕色的三叶玫是经过了一年晾晒，色彩才能变成这般的。

色彩学认为：象牙与浅棕统属一个色型，只是色度深浅变化不同，这种颜色的搭配如服装、手袋、鞋帽常为女性尤其知识女性青睐。

吉娜看我由衷的喜欢，又拿来她自己制作的卡片、书签、信纸、壁挂……给我看。

吉娜说：这些作品，只是买了些纸，其余就地取材，灯罩框是她自己根据尺寸大小，用藤条编好，然后从花园里摘来三叶玫，贴上去的，望着眼前视线收进的景观，我仿佛在飘逸的时空里一下拥抱住四季，说不出的美好油然升起。

花艺，审美中文化的移动表达

很多人喜欢插花，但插花不一定去花店买昂贵的名花。可以买些价廉但颜色造型是你需要的花材。插花主要看创造出来的造型是否有意境，也可以在周末郊游时采撷野花野草来用。

我喜欢爬山，爬山能锻炼身体，一身热汗疲惫尽出，心旷神怡。登上山顶极目楚天抒，还能一览众山小，居山望海胸怀坦荡荡，心中一马平川，顺便还可以采摘些自己喜欢的各类花草。我住的小岛山上有很多亚热带植物，如粉红的野牡丹、粗生的紫剑兰、黄金柏、银荷叶还有许许多多叫不出名字的小花野草。

山上采来的花、草、藤、竹、树枝经过修整，按照自己的设计放在瓦罐、砂锅、草帽里或用过的白兰地酒瓶，有时找来约瑟穿破了的旧球鞋，等等，都会自成一格别有情趣，这样插，种出来的花草，散发着浓郁的生活气息，赏心悦目、亲切自然，还带点调皮的童心。

有一次日本花道协会举办插花比赛，我也收到了邀请。我对插花非常有兴趣，而日本在这方面很有研究。花道协会的会长是位 70 多岁的老夫人 Yoko Gordon 女士，Yuko Gordon 女士是位德高望重的插花前辈。有一次约瑟开音乐会 ，Yuko Gordon 穿着和服，亲自送来一大束自己插的鲜花，由于花太出众引来了很多人的围观、拍照。那花看上一眼就难以忘怀 ，美丽的东西总是铭心刻骨的。

花束选用白、鹅黄、淡粉、淡绿、深绿做主调，花有香水百合、鹅黄玫瑰、淡粉郁金香、东南亚兰花等，配上大孔雀叶、星点木、文竹与满天星。花的造型大小搭配得恰到好处。衬底的最底部使用乳白菱角网，网上是特大白黄两色光纸，再上是黄与果绿如宣纸样的两色不同织布，对角相折，轻轻裹住娇艳欲滴的鲜花，花把上系着由白、黄、绿纱缎丝质三色交织一起的大花结，余下很长很长的飘带纷纷扬扬的。这美丽的花束里不断散发出一阵阵诉说不尽的清清淡淡幽香，冥冥之中似乎有一种通灵神韵凝聚在花丛中迂回，化解不开……

在那次比赛的作品中，当然也有一些不错的作品，但留下记忆的不多，还没有哪一件能与 Yuko Gordon 女士插的那束媲美。很多作品加进一些尼龙彩绳、塑胶珍珠、人造羽毛、布制水果、手工娃娃，让人觉得画蛇添足，不得其解。

不知为什么那次没有人出来示范表演，Yuko Gordon 老夫人自己忙得不亦乐乎，不住地弯腰鞠躬，握手寒暄，迎来送往，做公关。

快结束时，全体参赛者从大堂两侧暗门，搬出一块块绿泥码在椭圆型的很大的平台上，又抱出很多捆裁剪得整整齐齐的青草，还有一束束的鲜花，有些很名贵，如：天堂鸟、香水百合、马蹄莲……Yuko Gordon 老夫人一声令下集体插花比赛开始。由于大家来自不同国家，文化背景各异，审美取向千差万别，千种情万般爱插出来的花五洲四海。人们争先抢那些名贵的鲜花，花坛如刚经历过一场台风的扫荡，那些娇柔欲滴的名花异草，东倒西歪，什么都不是。专心来学插花的我，看得大脑一片空白，不知如何是好。

有品位的生活在于创意，有时并不需要花钱购买，废旧物品也是再创造的素材。

如选一个你喜欢的塑胶口袋，放进培养土种上一点绿色植物，粗生的小花，再将口袋挖几个洞，很快它们就可以从小洞里蹿出来，然后你可以选一个地方把它们挂起来，绿色植物或小花就能垂下来， 如不断修理它们，它们会明白你的用意，顺其生长，这样的挂饰很独特。

闲时，我很喜欢在废弃杂物堆里转，常会发现些什么有意思的东西，使自己产生创作灵感，废弃的街灯拿回家洗净后倒进一些细沙，最好发白的那种，口朝天放在院外餐台上，然后放进一只彩色的蜡烛，晚餐时候点亮它端上来，使原本一般的晚餐一下增加不少品位与浪漫，比银器烛台更生动朴实。

在维也纳，用牙签、彩纸、缎带、丝线做娃娃送朋友

参加好朋友的 Party，如果有时间不太忙的时候，我喜欢自己动手做些礼物带去。我觉得鲜花、巧克力、酒随便在哪里都可以买到，现代生活提供各种方便。但商品没情感，只要你肯付钱就跟你走，金钱可以购买一切，人都不在话下，何况物品？但拿这些买来东西去送人尤其送朋友觉得有点冷漠生硬，没有情感，远不如自制的小礼物亲切温暖，而且最受欢迎。尤其在欧洲，人们更看重手工艺制品。

欧洲人比较看重朋友送的自制礼物，意义完全不在礼物本身价值贵贱。他们觉得是智慧，是友谊，也是一种爱。如此这般忙的生活节奏如果还能抽出时间为朋友制作礼物，无论做什么都是很珍贵的。

相比之下朋友们更喜欢我用彩纸、牙签、丝带做成的仕女，朋友们喜欢称它们："中国是你（中国仕女）"。这种制作工艺并不复杂，但要心平气和、不慌不乱。

选一根木质牙签，最好顶端凹进一圈的那种。剪一小段黑缎带，缎带质地一定是真丝的，用一根红丝线缠在牙签上部，根据需要的头发长短用手轻轻撕去黑缎带的上下两边的纬线，这样看上去仕女的头发更逼真。然后裁一块 1.8 寸宽，2.6 寸长，里面白色外

面花色的彩纸，将做好头发的牙签放进去，叠成长裙，裙角外翻。再找配色的缎带做成腰带系在仕女的腰部，缎带上可做适当装饰，这样一个美丽漂亮的仕女跃然而起。一般来说我喜欢把一张白纸叠成 1.5 寸宽的长形将仕女粘上去，用配色笔在纸边细细画两道，这样看起来更有立体感。

每次一做就几个，带去给大家常引来一片欢呼声。收到的说："哇嗷，太美，太美了！"还有热烈拥抱，没收到的立刻表达：Yan，你知道，我也很爱"中国是你"（中国仕女）吗？听完后，我会毫不犹豫地点头表示理解，下次努力还要再多做些。

为此我曾被邀请，专门就制作"中国是你"（中国仕女）讲过课。讲过课后，更是一发不可收。中国仕女由原来每次做几个，变成十几个还是供不应求，最高潮时一夜做了 35 个，一直做到了旭日东升，手中的材质全部用光。这些丝线彩纸牙签做成的仕女美人，是名副其实的真正物美价廉，每一个价值成本不过 30 先令，等于两三美元。

具有比较高品位还能扬长避短。曾任美国贸易代表的白善芙女士的装束，我认为是个有意思的案例。如单看脸型虽白但长细尖，这种脸型化妆、饰品的修饰怎么看都很难令人满意。但不知白是否请教了形象设计专家，她只用了一条丝巾围在颈部，横系或打结侧系问题就圆满解决了。大线条看上去很和谐，白善芙脸的线条也变得柔和起来，巧妙地扬长避了短。丝巾配合服装的颜色，质地不断地进行调整更换，使人觉得新意不断，毫无乏味之感。虽然只是一条丝巾，却显出独特的品位。而一条丝巾的价值无论如何不能与一条钻链同日而语。

品位其实与价格没有必然关系，重金无法彰显有品位，品位未必价高。

品位需要修养，是人的根本修养之一，品位需要美学修养，审美力，才是人的核心竞争力，将品位渗透到生活的每个细节，具有审美的情趣。如色彩搭配和谐，衣着打扮具有独特品位，卓尔不群；居家设计也会别具一格，饶有情趣；如文学修养，话有内涵，哲理幽默，智慧优雅；音乐舞蹈的修养，令你的言谈举止，声音、表情，举手投足等会自然而然地不经意间表现出一种美、一种艺术感。

每一种文化、每一种艺术都充满内涵，充满乐趣，越精研越痴迷。懂得欣赏生活中点点滴滴的美，会感受生活中丝丝缕缕的快乐。你的眼光、你的品位就变得高雅，变得艺术，变得独具一格。

然而，品位的形成是漫长历练的过程，一种处变不觉的循序渐进，一种疏而不漏的文化积淀，一种完善自己素养的修炼，一种陈年老酿般美好情操的贮存……在这一过程，虽漫长但并不是遥不可及，需要不断吸收—省悟—升华，也包括敢于对自己的否定，才能在不断否定之后再提醇。

而面对品位这一漫长的修炼过程，不会一蹴而就，不能急功近利，要有爱心耐心恒心，只要你肯顺着这条路去寻找，你是会达到成功的彼端的，同时还会收获连绵不断的惊喜。

奥地利姑姑，作家朗艾

热情无比的拉施戴特教授，他的德文快如呼啸飞奔的列车

认识朗艾姑姑是因为维也纳汉学院院长拉施戴特教授的热心介绍。

拉施戴特教授来自奥地利的铁露儿（Tirol），那里的人说话不但快，而且还有浓重的口音，卷舌加喉音，不集中精神努力听，能记住的所剩无几，如呼啸飞奔的特快列车一晃而过，有些维也纳的人爱模仿他们，多少带点儿善良的贬义。

德文老师维萨教授，是一位自我感觉良好的维也纳人，经常模仿铁露儿人说话。有一次在课堂上维萨教授再次学起铁露儿的

德文，惟妙惟肖学完后，自己先有控制地满意微笑，然后用目光四处扫了一遍，班上的同学如看到了一颗骤然升起的信号弹，立即做出迅速反应尽量地大笑起来，有几位中东同学笑得还连续抽动肩膀，维萨教授反而沉住气，不再继续笑，严肃起来像国家元首检阅三军仪仗队一样，在教室里迈开四方步来。

我可以肯定，班里同学和我一样，根本没听明白维萨教授到底说了些什么，因为那时我们的德文水平都还达不到搞明白铁露儿浓重口音的水平。

鬼使神差的我突然举手发言："可，德国人说维也纳人讲的德文如喝汤！"刹那间教室里鸦雀无声，"啪嗒"一下，我仿佛听到维萨教授的脸摔在讲台上，大家惊愕不已，目光如投出的梭镖纷纷扎向了我，他们以为我哪儿不舒服，波兰同学妇科医生，我的好朋友贝阿塔，悄悄拉拉我的衣角，低如蚊嘤轻语道：" Yan，bist du OK（燕，你没事吧）?"

谁都知道，令人紧张的期末考试指日可待，大家提心吊胆，就怕考不好。因为成绩的好坏直接影响很多实惠问题，尤其对外国留学生更是重要。比如，居留签证，继续升级，进修其他专业，甚至打工找工作等等，德语水准好坏，学校的成绩单至关重要，谁也不想自己不及格，那才是后患无穷。

下课后，我被班里七嘴八舌的热情同学围住，他们主要替我担心，争着说，上过德文高班的很多外国留学生，都知道维萨教授的“厉害”，收拾留学生很狠，尽管维萨教授有兴趣收拾学生，但绝不容许学生“顶撞”，同学们说的时候表情相当惊恐，怕维萨教授会报复，我倒不觉得怎么样。我这样“恶作剧”，其实完全没有意思冒犯维萨教授高贵不可撼动的自尊心，只是积蓄很久即兴发挥，以突然出击的方式说出久经考虑的话。因为：维萨教授总喜欢说，有的外国学生为得到好的德文考分，竟拿礼物贿赂他，尤其亚洲的学生专擅此道。讲过几次都是一对印度留学生夫妇拿着绣花台布，猫在他家门口伺机行贿，但并没有得逞。为此，印度留学生夫妇，除受到维萨教授义正辞严地喝斥外，双双留级，初听不以为然，听三遍以上就不舒服。

还有铁露儿人说话未必都是这样，讲方言，是语言表达能力中的一种，我的几位非常要好的朋友和学生，虽然来自铁露儿，但讲的德文发音相当标准，字正腔圆。

对于维萨教授的说法，其实很想和他私下交换我的见解，但他每次讲完课，总是行色匆匆，夹起皮包拔腿就走，我自己也经常记不住，因此，失之交臂，这次放到课堂上才与维萨教授直面沟通。

果然以后，维萨教授再也不让我回答问题，即使我举手，维萨教授的视线如拉漂亮弧旋球一样，巧妙地绕开我，请其他同学发言。最初我以为维萨教授没看见，因为以前他很喜欢我提问，还经常让我纠正同学答错的问题和发音。为了让维萨教授看见，我曾高举右手，但仍于事无补，直到期末我都没有了发言机会，而最终期末考试我得到了维萨教授奖赏的5分。5分，在中国是令人艳羡的好分数，在奥地利等于零，不及格。

为此，我又多上了一个学期德文，这令曾以我为得意学生、上届德文教授、我的最好朋友蕾娜塔博士跌破眼镜。为了安慰我，她特地请我去维也纳法国餐厅吃了一顿晚餐。我们非常快乐地度过了一个美好夜晚，那天我们喝了很多奥地利的白葡萄酒，蕾娜塔对此表示非常遗憾，我却不以为然，告诉蕾娜塔其实还要谢谢维萨教授，否则不会享用这么美味的法国大餐。1995年，蕾娜塔博士来香港小岛我家玩时，还遗憾地提及此事，我其实早不记得了，据说维萨教授退休了，不再教外国留学生德文了。

那天，汉学院院长拉施戴特教授从葛茨维森打来电话，他的德文如奏响全是大三和旋的快乐手风琴，我除了听懂热烈问候外，其他内容大脑一片空白，赶紧将电话转给约瑟。才知道有位叫朗艾的女作家想学中文，拉施戴特说朗艾是位自信富有、贵族出身的女作家，热爱东方文化，曾经去过几次中国，他已经把我介绍给作家朗艾女士，拉施戴特说他感到朗艾对我非常有兴趣，急于要求与我见面，已经催他几次了。

初次拜会，我的中文学生作家朗艾

几天后如约，约瑟领我按响作家朗艾在维也纳中心使馆区家的楼下门铃，里面传来朗艾的声音，听起来是位老人家。电梯送我们到三楼，门口站着一位高挑身材，满头银发削得很短如男孩般帅气，身着玫瑰羊绒衫，灰哔叽毛呢对折西服裙，深灰的丝袜，脚踩黑鳄鱼皮船鞋，耳环首饰搭配恰到好处，英姿勃勃、干练抖擞的知识女性，那就是作家朗艾女士。

彼此介绍后，朗艾女士转身居中拉着我和约瑟的手，把我们领进她的客厅。客厅茶几上摆着竹编提梁白底青花瓷茶壶，三只带碟的青瓷茶杯，一看就知道是东方茶具。几样小点心、水果，还有一盒圆圆的莫扎特巧克力，那种巧克力不太甜，口感很好。切开有美丽的图案。正中央是一颗大果仁，然后浅黄、淡绿、青绿，最后被棕色巧克力包住，味道清香高雅，吃一次很难忘记。

朗艾女士说她读过很多关于中国的书， 20世纪80年代初，中国国门一开她就迫不及待地去看中国，而且连续去了四次，还有香港。约瑟说比她多两次。朗艾女士说东方对她太有魅力，印象深刻难忘，尤其对中国的历史文化、风土人情十分有兴趣。唯一受不了的是在中国去街上 “集体所有制”的公共厕所。

首先，味道浓烈，气味远播，这是最不需要人指路就可以找到的旅游景点。其次，本来就适应不了公开处理隐私方式，因为自己是外国人，被人围观看她如厕，相当难受。朗艾追忆时的表情曲扭，我能在瞬间体会，当时的朗艾有多么尴尬痛苦。话锋一转朗艾突然关切地问：

“中国现在厕所怎样？”

“正在除味！翻盖很多新厕所！”我听得心虚，浑身不自在，果断补充。

朗艾能说一些简单中文，但她说见到我有点紧张，等找到感觉后才说。于是与约瑟一见如故聊起音乐来。朗艾与音乐有关，我最喜欢的大名鼎鼎的指挥家卡拉扬就是朗艾先生的好朋友，卡拉扬指挥的柏林爱乐演奏的贝多芬的《c小调第五交响曲》是我最爱，百听不厌。朗艾自己会弹钢琴，奥地利十人中有八九位善吹拉弹奏。只要约瑟与朋友一聊音乐我就走神，尤其他们用外文交谈时，那便成了我不熟悉的世界。

遇到这种情况，我就用永恒的微笑望着他们，况且朗艾与约瑟英文为主，德文为辅，双语交谈。尤其英文，我那时根本听不太懂，我的永恒微笑，常被朋友感赞成东方女性特有的“宁静美”，其实我不宁静还能做什么呢，翻跟头、拿大顶、倒立么？我能做并十分喜欢做的，就是面部宁静，内心流浪，思绪飞翔，用熟悉的母语想天想地，想那些好玩有意思的事，这种习惯好像由来已久。

异国他乡，难忘带我长大的老保姆——王妈

小时候我就这么做，面部微笑，意识飘飘，尤其王妈捉我帮她写信时。王妈，我的老保姆， 28岁青春年壮便守寡，一年后从农村独身来到北京闯天下，一猛子闯进我的家，直到她去世43年都没离开过。我能帮她写字的时候，王妈根本不老，还不到40岁。在我眼里王妈是位漂亮的妈妈，相当丰美，就连别人嘲笑的她的大嘴巴我都觉得美，而且我从心里就喜欢她的大嘴无拘无束，笑的时候嘴角向上很好看。由于喜欢王妈的大嘴，以至长大后见到并不漂亮的索非亚·罗兰时，由于她脸上也挂着一个大嘴立即让我觉得亲切无比。

写信主要为她农村的独子二头（王妈丈夫前妻留下个儿子好像叫钟头，所以王妈自产的儿子就叫二头）、二舅、三婶，四叔等写信。一说“二头”的名字，我就控制不住想改，为什么“二”的后面加个“头”字？昏头涨脑每次写那个“头”字时，我的小细脖子都发酸，如泰山压顶般沉重，还得打起十倍精神来支撑。

王妈，是家中唯一欣赏我的文化并崇拜着我的人。王妈所以崇拜我，是因为她自己根本没读过书，绝对目不识丁。她能写的几个字都是我教的。比如她的名字：王凤兰，每次学字王妈总把“凤”字的里的“又”拿出来单放一边。我问她为什么，王妈

说：太憋屈，被我猛纠正半天，但下次再写王妈依然重蹈覆辙，后来我也不管了，放飞王妈随她去，但要她不要说是我教的，王妈说放心，从此诞生了一个新汉字。

王妈知道我不喜欢“二头”这个名字，就鼓励我改个好听的，我那时，才几岁，刚上学，一时也想不出什么名字适合，放在永远沉默不说话、倔头倔脑的二头身上好，这事就给拖下来了。不过，若干年后，王妈对我的文化崇拜仍然有增无减，又让我起名，这次不是帮二头而是帮二头的第一个女儿，王妈的第一个孙女起名。我不负厚望想了想终于起了个毫无新意的俗名——雪洁。主要是觉得二头太黑了，希望帮他女儿白点，大家都不喜欢，只有王妈由衷欣赏。

给王妈写信不需要构思，王妈只要坐下来，用不着导演启发，用不着提词，三下五除二马上进入剧情和角色。王妈凝神静气遥望前方，表情十分生动丰富，如念观世音慈悲六大明咒，绘声绘色、滔滔不绝。每人问候一遍，接着地里农活忙不忙，庄稼长得好不好，麦子收没收，东村西庄的房子盖好没有，下雨漏不漏。然后再将她带的北京城里的孩子，如搓澡一样仔细来一遍，分别进行阐述。

因为从小耳闻目睹王妈这些天才戏剧性演说，以致长大再听照本宣科的讲话，如同嚼蜡索然无味，甚至精神经常不能集中。

尤其上大学时老师口若悬河向我们猛吼生产力、生产关系之辩证关系时，我竟然将老师的快速翻卷的舌头与抹布幻想在一起。我的不专心，主要是沉浸在对王妈天才讲演的追忆中，并不断将思维演绎扩大，不断将王妈升华美化，幻想王妈她如果没有三寸小脚，如果不是文盲，能有机会读书，哪怕只有几年书，最好读完大学，那时王妈将会是怎样的了得……

我帮王妈写信提起笔一听，王妈又来老一套，于是右手玩笔，左手托腮想入非非。那时六七岁的小小心底里装不了几件事，想着想着心就蹦出窗外，落到葡萄架上的葡萄，或王妈种的丝瓜豆角上，看着青翠欲滴的葡萄瓜菜，直咽口水。王妈唠唠叨叨后，见我半天愣神不动，抻抻我的小辫子大喝一声：

“干啥尼？”

我一听赶紧低头快画几笔，匆匆了事。

我最不愿意写字，写字辛苦。坦率说好多字都不知道怎么写，动脑筋查字典，费事又麻烦。不如想出来就说，既简单又容易，很多年后中国发生了“文化大革命”，我连说都不愿意说了，只想。

王妈拿过来一看，我写的信（经常倒着看），才这么点字立刻问：“咋这少尼？”

于是我说：“来，让我读给你听！”没等我读完，“扑哧”一下，王妈的脸像划开个大口子，立刻咧着嘴笑起来：

“真是灵尼！（灵读一声）这小人儿！咋这灵尼……”我差点笑喷出来，其实很多是口头创作，我的临场发挥赢得王妈由衷满意，由于满意王妈依旧歪着头喜形于色地审视着我。

“我没（没读四声）说的，咋你都知尼，嗯？嗯，嗯嗯……（长音，拖两拍以上）”

为此，我常得到王妈从身上摸出的糖果嘉奖。

朗艾与约瑟虽初次见面却如久别重逢挚友，谈笑风生。朗艾的先生是西德电视台的总监，当时他们住在西柏林与指挥卡拉扬成为挚友，未成名之前当音乐家的卡拉扬相当辛苦，朗艾的先生类似中国传说中的“伯乐”，着实鼎力用电视台总监的特有权力，拉了卡拉扬几把，后来卡拉扬风生水起成为震撼世界的指挥大师。出名的世界指挥家卡拉扬，知恩图报，为报知遇之恩常来看望他们，有一次卡拉扬还开着私人飞机带朗艾与先生遨游了蓝天白云。

时间着急，三步并做两步走，一会儿几个小时就悄悄溜走了。朗艾倒是慈爱，不时地用温和目光与我交流，并不断地鼓励我多吃点心，喝茶，当我不断喝茶、品尝点心，连晚饭都觉得没必要再吃的时候，就开始想：今天我们是为什么来的？怎么还不开始学中文啊？

如小溪流水般光阴又流淌了很久，朗艾突然一跃而起惊叫起来，原来她刚想到晚上还有音乐会。就这样朗艾与约瑟的友好谈话才在依依不舍中结束，看得出双方余兴未尽。临走时朗艾指向茶几上的一把肥硕香蕉问我：“这个中文是什么？”

我说："香蕉。"

朗艾说："Ja，Ja（对，对），我知道，我知道！香是香港的香！"

感谢上帝朗艾没问下面那句："蕉是什么的蕉？"解释起来够我一搏。

孩子，是否可以接受我做姑姑

朗艾爱心无限地说："她非常高兴认识两个可爱的艺术家……"然后将我和约瑟逐一拥抱，深入具体地左右开弓吻了两下。路上约瑟问我，朗艾想每小时付我250先令学中文可不可以？我哪里知道可以不可以，我完全不明白250先令意味着什么，只有点点头显得很深沉。

第二天清晨，朗艾打来电话说，维也纳的家没有个性比较一般，想邀请我去她郊外的乡间别墅——葛茨维森住几天。朗艾说得干脆，她是开车来维也纳的，如同意我们今晚就出发。约瑟当时正在为瑞典哥登堡乐团赶一部铜管乐协奏曲，灵感到来时经常闯进厨房不顾一切地敲银、铜、瓷、水晶、玻璃器皿与餐具，半夜三更坐起就作曲，投入得很，无论如何不能去，只我一个人独自与一面之交的陌生人搭车同往。虽然我的直觉让我相信朗艾是好人，但好人是不是就到了信心满怀，同吃同行甚至同住一处的地步呢？

朗艾像架隐蔽起来的X光检测仪，隔着电话发现我犹豫不决立即说：“Oh，孩子，葛茨维森是很美很安静的，家里只有两个人几只小动物。”即：她，从斯里兰卡来的佣人和一狗两猫。朗艾自信地说她知道我一定会喜欢。

“一狗两猫”一下拨动我的心，和小动物在一起我会立刻兴奋。坦率地说和朗艾还不太熟悉，语言沟通表面皮毛凑合应付，真要和作家朗艾古往今来严肃地认真往纵深里探讨，一定招架不住。一狗两猫就不同，完全不用说话，而我最善于沟通的就是动物与植物，差不多不用想就一口答应下来。朗艾又和约瑟在电话里聊了一阵，而我已经为即将见到一狗两猫而快乐起来。

那天落下纷纷扬扬的雪花，约瑟送我到朗艾的汽车旁用力地吻了吻说，如果不喜欢就回来，不过他相信，朗艾不会令我失望的。朗艾若有所思地从汽车走出来说：

“孩子们，我想问问你们，我希望知道，你们是否可以接收我为Tante（姑姑），如果没问题就从现在开始，可以叫我Tante了。”朗艾胸有成竹地将手插在裤兜里，仰着脸微笑地等待着我们的回答。

由于问得突然，我一时尚未反应过来，不由自主地向约瑟望去。哇噢！上帝，约瑟的脸正在由小至大，逐渐盛开，笑眯眯对着我微微地点头，哪里还需要回答，答案全写在约瑟脸上。倒是朗艾手疾眼快，反应迅速，双手一合，眼望蓝天：

“Oh，这就太好了，我的艺术家孩子们！”朗艾姑姑笑着一把将我和约瑟揽进怀中。

上了汽车后，朗艾姑姑握着方向盘直视前方庄重地说，昨天晚上她想了很久才做出这个决定，她也弄不清楚，为什么第一次见到我们就这么喜欢。

朗艾姑姑的丈夫是德国人，自己是奥地利贵族，做事严谨，态度认真，让我自惭形秽，就在几小时前我还优柔寡断，来意不决。看来人类本性中由真诚表现出来的友谊，就像蜡烛接触到热空气一般，将你轻轻地包裹在温暖之中，真诚反而最简单轻松，心灵的绿野何必日夜戒备防守。

姑姑的家镶嵌在白雪世界里，那里有一群留守的小动物

抵达朗艾姑姑家已经天黑，山坳起伏连绵，白雪皑皑，平原上耸立着占地很大面积的一座连体楼，楼四周用棕色木栏杆团团围住一个很大的花园，花园里的圣诞树上落满厚厚白雪，像一个个全力撑开的雪伞。快到大门时，朗艾按下遥控电钮起动车房卷帘门，隆隆声中我们开进了家。

前厅里站着朗艾姑姑的“留守部队”，朗艾认真检阅完毕后

逐一向我介绍。首先，斯里兰卡来的女佣内路，体形精瘦干小，皮肤头发颜色深乌发亮，牙齿凸显洁白，头发被莫名奇妙地削得煞短，像朗艾姑姑的Copy，大概出自同一位理发师的创意，我猜想。

其次， 14岁的大狗阿斯达先生。阿斯达已近暮年，身上的老毛脱掉不少，只有背部还残存一些，稀疏的胡子勉强地支撑在嘴巴周围，脑门上莫名其妙地剪了一排流海儿，白毛黑鼻子，眼睛特大，一副见过世面，老道非常的样子，他缓慢地摇着尾巴在我身边，像收重税的税务官，老谋深算、不紧不慢地围着我踱着小步。朗艾姑姑说，阿斯达感情流露比较含蓄，属于慢热型，这样的表示已经很特殊了，等于欢迎你。感谢上帝，谁知道阿斯达自己心里想什么？

接着是5岁的棕色虎皮 “猫猫”。朗艾说她特地从字典找出这个中文名字， “猫猫”这个词的发音很好听，念起来有点像毛主席的姓，她很喜欢毛。猫猫一对眼睛颜色是祖母绿的，脖子正中长着一撮白毛像枚悬挂的白菊花很漂亮，据说猫猫至今仍是位洁身自爱的老处男，见过不少崇拜他的同类，但猫猫一个都没兴趣，猫猫一生只爱朗艾姑姑。

说话间朗艾姑姑忽然转身弯腰从地上抱起一团白绒绒的东西，原来是一只波斯猫，雪白蓝眼，粉红小鼻头，小手小脚也是肉粉粉的，惊奇地看着由于陌生人的出现而变成的陌生世界。看到波斯猫思绪一下飞回我的故乡北京，我曾先后在北京养过11只波斯猫。朗艾说她才一个多月，有个法国名字叫“米吉若”。米吉若的身体还很柔弱，吃奶要用小奶瓶喂，但非常非常不幸的是，5个月后米吉若死于车祸。

那天清晨6点钟不到，朗艾姑姑从葛茨维森打来电话，声音悲哀，第一句：

“孩子，我必须告诉你一个恐怖消息……”然后沉默，吓得我屏心静气，不敢出声，以为发生大事。

“米吉若被汽车撞死了，找了一夜，今早才在公路旁找到她的尸体。我们不知道落雪她怎么还会跑出去，真的不知道，不知道啊……”朗艾姑姑的话像架放慢转黑胶唱盘的老式留声机，声音沙哑，久久地荡在我耳旁，我的心不断下沉，努力地安慰朗艾姑姑。我们在电话里讲了很久很久，动物同人无异，养过他们与他们真正生活过，才能体会到这种伤心有多铭心刻骨。

从朗艾姑姑家的前厅走到客厅，先是看见一个乳白色够十几人用餐的水磨天然大理石餐台，右拐往下走几层台阶，是近千尺的客厅，客厅中央摆放一架Bechstein（贝奇施坦因）牌的钢琴，钢琴对面整个一面为落地玻璃大门，极目远眺可以望到远山，视野开阔，心旷神怡。其余两面墙是巨大至顶、摆放整齐的书柜——一个东方造型的玻璃柜。里面摆放很多朗艾周游各国带回的纪念品，很多来自东方：擦得锃亮的银质水烟枪、云南苗绣花兜兜、日本仕女玩偶、中国的铜鞋拔子……

铜鞋拔子，小时候家里也有。“文化大革命”时，人们什么都怕被说成“四旧”，当爸爸领着哥哥姐姐在万籁俱寂的深夜里用石灰水掩埋完书籍后，又再一次仔仔细细清查家中“四旧”时，铜鞋拔子！被大家确认成有“四旧”嫌疑后，于是为全家服务十几年的铜鞋拔子，终于未能免于厄运。黄澄澄的铜鞋拔子被王妈塞进袖口领着我，在一个风月凄冷的深夜，义无反顾地抛进绕过两条胡同外的公共厕所里（我们不敢在附近操作），扔的时候王妈先让我守住女厕门口望风，看是否夜半更深时还会有人来如厕。

在那“红色恐怖”的日子里到处弥漫着血腥气味，稍有疏漏，都会引致杀身之祸，株连全家。由于责任重大，我的一颗小心脏，紧张得就像与即将点燃的雷管捆在一起，分分钟都有引爆的可能。我可以清晰地听到，自己如擂战鼓的疯狂心跳声。王妈则强装镇定地目睹着铜鞋拔子下沉完毕，像法医对行刑犯的最后验明正身，确认万无一失后拉着我悄悄地溜回家。

朗艾姑姑如数家珍、津津有味地介绍着她的众多宝物，并不时地问用中文怎么说，我说完，80多岁的朗艾姑姑听得极其认真，像勤奋好学的小童，为彻底记住每字发音，提笔拿本逐个写下来，如此这般用去不少时间。

内路一声嘹亮招呼，丰盛的晚餐开始了，大家鱼贯而入，两只猫猫自由自在、轻盈地跳到两只椅子上，阿斯达如隐形兽般突然坐在我的椅子旁，间隔片刻便伸手索肉吃，表情仍然怏怏不睬，毫无谢意，但肉进嘴一吞到胃，绝不含蓄，吃完再要，速度很快。我的晚餐时间基本都喂了阿斯达。朗艾姑姑说：请务必原谅阿斯达先生的不礼貌！因为他太老了，控制不了自己，才变得贪吃。年轻时的阿斯达除风度翩翩，还很有修养，绝不这样。尤其在客人面前，分寸得体，相当绅士，常常受到人们的赞美，年轻时的阿斯达没有领教过，但今天的阿斯达先生的风度的确不敢恭维。

吃罢晚餐，我帮内路收拾餐具，往厨房里拿，厨房大得很，有一张六人餐台。由于内路对我的劳动满意，热情邀请我再喝咖啡，我实在心有余而喝不动，没喝咖啡单陪内路聊天。内路神采飞扬，讲述自己是如何的幸运，被朗艾姑姑从斯里兰卡选中，跋山涉水来到奥地利，在朗艾姑姑的家挣到的钱在斯里兰卡可以像贵族一样，随心所欲去消费，并且还能收到很多礼物，包括很新的旧服装鞋帽。说的时候内路的脑袋情不自禁小摆度地震颤起来。“内心快乐脸放光芒”不知是哪位哲人说的，我快速饶有兴趣地在脑海里，搜索着这位伟人的名字。

今夜，睡在书房里的壁炉旁与天空中飘落的雪花私语

朗艾姑姑换了一身高级丝质长款晚装，脚踩一双乳黄软皮拖鞋，走进来问我今晚想睡在哪儿？然后像专业的讲解员逐一将每间房介绍并展示给我看。

朗艾姑姑提议我住她已故丈夫的那间房，与朗艾姑姑为邻，宽敞明亮，两面落地双层玻璃落地门，四壁都是书柜摆满各种书籍，四季美景尽收眼底，一个三人坐白羊毛的折叠大沙发，打开是张双人床，不用躺，看着就舒坦，我却左耳听右耳冒，表情安详却心不在焉，因为心中早已看中大客厅后面的另一间大大的书房。除了书房的众多书籍让我满意外，还有我喜欢的用红砖砌成的欧洲古典大壁炉，燃烧着的新鲜松木噼里啪啦爆响，整个书房散发出醇厚松香味道，而壁炉不断燃烧的火红烈焰，与门外静谧的白雪世界令人恍如在童话中，我甚至把壁炉虚幻成一堆篝火，顿时又有一种白雪世界里爱斯基摩人围火野餐的原始神秘感。

“Tante，如果可以，我想睡在书房。”我脱口而出。

朗艾姑姑一愣：“可是书房没有门？阿斯达很有可能会闯进来。”

“没关系，放个沙发挡住就可以，阿斯达进不来。”我虽然嘴上说，但心中已经对这个家产生了安全感，放什么与放不放完全不再重要了。

朗艾姑姑起居生活极有规律。清晨7点起床，晚10点30分一定上床，上床前先做晚间祈祷，写日记，归纳今天日程，安排明天活动以及创作上的构思与特别感受，或拨通德国电话，与在慕尼黑教美国艺术史的大儿子迪特相互倾吐，迪特是朗艾姑姑的知音，无话不谈，很多事朗艾姑姑都要征求迪特意见。

朗艾姑姑说，现代的人太忙，语言表达越来越简单，人与人之间几乎无法沟通，即使说上三言两语也是敷衍对付，话不由衷。 迪特则不同，不但能与朗艾姑姑沟通而且沟通得相当深入完美。迪特有时一天来几次电话与朗艾沟通，探讨问题涉猎广泛，连办公室开的会议都通报，朗艾姑姑甚至清楚迪特每位同事的名字与举动，知道迪特万物生长靠太阳般地对朗艾信任，实在令朗艾姑姑满意非常。

迪特之所以能做得这样出色，原因之一是还没结婚，虽然有位相处20年以上的女友，但至今坚持分居。所以迪特仍有足够充足的时间和朗艾说话，朗艾姑姑说迪特毕竟还是孩子，才五十几岁，正午阳光，青春无限，她不明白为什么迪特的女朋友朝思暮想急着结婚。

那天临睡之前我们聊了起来，朗艾还乘机学了几个中文短句，不过全是关于中医穴位。朗艾对中国医药与针灸颇感兴趣，她不喜欢西医，甚少很吃西药，她说现在吃西药与喝洗洁精差不多，全是化学成分，所以经常自己开车到瑞士买营养中药。在朗艾姑姑看来：瑞士完美精密制药工艺与中国医药底蕴深邃的草药互补，制出的药品差不多是神丹妙药。

除此之外，朗艾姑姑还崇尚中国的推拿按摩，我因也有此爱，又得天独厚存了几位中国中医朋友，得他们指点耳濡目染，逐渐弄明白一些，其实也是一知半解，加上外婆和王妈教我的一些古法治小病真传，讲得朗艾姑姑不住地点头，不住地提问题，最后还应朗艾姑姑之邀帮她做了头部、肩背、腰部与腿部按摩。我的理论与实践有机结合，令朗艾姑姑心花怒放。从那以后，每次见到朗艾姑姑，如时间准许，她都请我表演头部、肩背、腰部与腿部按摩这组节目。如维也纳爱乐乐团，每次演完音乐会，返场时都要再奏一遍施特劳斯的《蓝色多瑙河》回谢热情的观众，将演出推向高潮，人们才肯称心如意地离去。

看看表已过10点30分，我不想影响朗艾多年有序的作息时间，站起来向她道晚安，接受完按摩后的朗艾姑姑，赠送我热烈强有力的吻，我帮她关上门轻轻地退了出来。

不请自来的大狗、小猫，热情地钻进毛毯与我相拥入眠

当我回到大书房时，关掉所有的灯，惬意地躺在地毯上铺得

松软卧具上，盖了毛毯鸭绒被，透过房顶玻璃的大大天窗，遥望星空，自天而降的、纷纷扬扬的、聚散离合的片片雪花，心中一片干净安静，温馨温暖。

这时，四周出奇的静谧，人们开始进入梦乡，远方偶尔传来狗叫，无垠的宇宙令人不可思议，生命可以如此的和谐宁静。乡村的夜晚，仿佛缓缓地流淌出美妙的旋律，犹如冥冥之音，你的心灵可以在这柔美安详中自由自在地、松弛地享受大自然的馈赠，让我深深地体会到一种莫名的喜悦与感激。

“扑通”一声！沙发沉重地砸在木板地上打碎了完美的寂静，阿斯达竟然粗鲁地越过沙发跳进来，然后一声不吭、悄声静气地趴在我身旁，如旧友重逢亲密无间，初始的高冷矜持早都抛到九霄云外。阿斯达居然凭着14岁老迈的身躯跳过沙发的壮举，让我既感动又不可置信。猫猫随后也驾到，后面跟着不大的米吉若。米吉若一点不客气，径直爬到我的胸口上，不一会儿，小动物们鼾声如雷，大睡特睡起来。

壁炉里噼噼啪啪燃烧着熊熊火焰，新鲜松木散发着清甜芳香。火光温暖地映在书房，映在小动物们身上，落雪中的夜晚温情又童话，充满浪漫的色彩。我想起分别已经太久的、我遥远可爱的北京小猫们：它们是否别来无恙？它们是否还会记得我？

看到姑姑的猫，思绪飘回中国，我曾拥有的11只猫

我曾拥有过11只波斯猫，在我离开北京时，还有5只。我把他们分开，逐步地送给了最可靠的朋友们，像诀别前托孤，我知道即使有一天我回来，也很难再觅到他们的踪影。因此，出国前只我一人独处时，我曾问过我自己，是否能够忍痛与他们分离，离开他们这么远？

最后送走的是绝顶聪明“小男孩”闹闹。闹闹不是出自我自己猫的系统，是我从文工团的一位朋友家带回来的。他的猫由于一下子生了7只小猫，找我商量怎么办，想处理掉。闹闹便是7只中最小一个，虽然已有三个多星期，但瘦小枯干，毛发毫无光泽，喝奶时常被其他身强力壮的哥哥姐姐们挤出去，一双灰蓝大眼睛无奈又老成地望着天。我看到他的第一眼就决定把他带走！大概人的本性都同情弱者。在回家路上我就给他起了个名字“闹闹”，我希望他活泼顽皮，甚至淘气，可以闹一闹。

当把闹闹悄悄送进我自己猫的产房时（我用纸箱搭的小阁楼），我的猫刚诞下三个小儿女才几天，我有点紧张，不知他们是否能接收闹闹，三只小猫正在吃奶，看见闹闹惊恐万状，闹闹自己更不知所措，紧张地躬起腰来，似乎战事一触即发。这时猫妈妈走过来端详一阵后，温情地用舌头轻轻地舔了舔闹闹，如惊弓之鸟的闹闹大概第一次被爱，受宠若惊后立即瘫软下来，然后兴

奋地来回跑了两圈，再次匍匐在地。其他小猫也围过来，其中有一个胆大些的还骑到闹闹脊背上。闹闹居然吃力地背着那只小猫爬起来，顿时猫舍气氛欢快起来，很快闹闹与其他小弟妹玩得很开心。

我看着不免有些酸楚，小小动物世界里为了生存有时也得要先俯首称臣，看来弱肉强食是人类与动物都无法回避的。闹闹小小年纪也懂得怎样讨好，闹闹每次吃饭都和猫妈妈先在一旁等，然后再去吃小弟妹剩下的饭。有一次歌舞团在北京展览馆演出，朋友来看我，临走时拿起沙发上的西服说，今天发了三包鱼片留给小猫吧。我正在推辞，谁知朋友一摸兜眼睛立即放射出奇异光芒说：

“不可能！怎么没有了？”

我们展开地毯式搜索四处找，找到厨房一看：

啊，闹闹正在为小弟妹们紧张地拆朋友的鱼片。朋友摇摇头说：简直不能相信！大家都想不明白闹闹是什么时候，怎么拿走的鱼片？

我为闹闹选了一位心地善良的摄影师朋友小季先生，我们作为中央慰问团，一起去过中国和越南打仗的老山前线，他跟着我拍了一段时间的片子，是一位诚恳实在的值得我相信的人。小季先生第一次看到闹闹就喜欢得不得了，几次说好请小季先生来接闹闹，小季先生拿着书包如约赶来时，看到我伤心又忠厚地走了。

最后一次闹闹真走时，我骑上自行车一直送出小季好远，直到泪水模糊视线才掉转回头。那些天的每一天都很难过，现在不知闹闹还好吗？……

83岁的姑姑会讲七八种语言，能用三种语言写作，还要再学中文

第二天清晨吃过早餐，朗艾姑姑和我说话的时候，顺便拿来她写的几本书给我看，主要是一些单纯可爱的儿童读物：故事，连环画等。介绍这些书的时候朗艾姑姑童心一片。没风格就是最好的风格，你可以透过艺术看到你希望看到的世界，我有点像哲学家一样这么想。朗艾姑姑说，下本书可能会写一部小说，讲一位从未离开家园的亚洲女孩子，独自来到欧洲谋生的故事，主角的国籍，大概是印度尼西亚，唯一没想好的是用什么语言写。

“还能用什么语言写？”我听得纳闷。

“也许英文，也许德文，也许法文，要看动笔时的心情再定。”朗艾说的时候表情轻松随便。突地，坐在眼前的朗艾姑姑，被我想象成双手双枪、左右开弓百发百中的中国革命英雄“双枪老太婆”！朗艾姑姑的语言天赋，令刚从中国出来的我肃然起敬。我非常好奇，朗艾姑姑是怎么驾驭语言到了如此自由，甚至随心所欲的状态。

以后的日子里，随着我对朗艾姑姑的深入了解，我吃惊地发现：她不仅可以用娴熟的法语与她的法国儿媳对话，还能讲意大利语，西班牙语甚至拉丁语。朗艾不无遗憾地说，可惜法文没有意大利与西班牙语好。几年前，她请的佣人来自波兰，朗艾又学会了波兰语，能照着波兰文的烹调书中的说明烤点心。朗艾姑姑的中文可以与我沟通，再用德英双语写作，掌握的语言最少有七八种，而其中三门外语开始学习时，朗艾姑姑已经80多岁的高龄。

我回到亚洲后，朗艾姑姑写信来告诉我，我离开后不久内路也走了，她非常想我，脑海经常自动出现我的画面，为了转移这种思念，她又请了位匈牙利太太，已经学会了一些匈牙利话，目前写还不行，但她相信不会过多久就能写。勤奋是上帝的宠儿！感谢上帝关爱，朗艾姑姑仍然健康并如此好学，遥远地祝福朗艾姑姑日新月异，不断超越自己。

朗艾姑姑拥有孜孜不倦、勤奋好学精神，简直就是移动语言大山的“女愚公”，所以每当看到内路无所事事照镜子、描眉毛、涂口红时，朗艾姑姑总是摇头遗憾地说，“内路怎么可以不读书呵？”莎士比亚说，太阳照着华丽的宫殿，但也不曾避过简陋的茅屋，日光是一视同仁的。

朗艾姑姑告诉我，她自己并没特别天赋，全靠努力认真不放弃，只要她决定做的事情绝不半途而废，她从不找借口放弃要解决的问题，一定要达到目的，而且不为达到目的而降低任何标准，敷衍凑合，朗艾姑姑语气坚定，不容置疑。

从“二战”废墟上站起来的姑姑，极重节俭，哪怕一粒面包碎

是的，两次世界大战使朗艾姑姑的庞大家族两次变成了零，战争将所有化为灰烬，虽然出身贵族但必须从头来，那时生活的艰辛是无法想象的，几天都吃不到一块面包，找到一点食物还要先给饥饿中的孩子，经常忍饥挨饿，没水、没电、没食物、没住处，夜晚在地上铺块毯子甚至纸盒就睡，她坚强地从战争的废墟里站起来，再从一无所有创造了她自己的全新世界。

朗艾姑姑极其反感浪费，绝不准许浪费任何食物，浪费水、电。她非常感恩珍惜她目前所拥有的一切， 80多岁仍然孜孜不倦地学习，对生命质地执着的追求，一种不环顾左右他人，来自自身的由衷自信。这种自信，并非拍腹仰天痴想，而是，朗艾姑姑历经沧海桑田的阅历，日积月累沉淀的知识。

朗艾姑姑身体康健源于她对生活的热爱乐观，有人论证脸上的皱纹不过是笑容留下的痕迹。朗艾虽然开朗乐观，也有伤感、

情绪低落的时候，但她内心强硬，不愿不良因素控制她情绪太久。很快便云消雾散，雨过天晴。她说：我一定让要自己快乐，包括每一天！因此她对外界新鲜事物抱有极大兴趣。

朗艾姑姑自己弹钢琴，酷爱音乐，为听音乐会，每个星期都要来维也纳一两次，顺便看展览，见朋友，对生活倾注极大热情。有一天晚上， 9点左右，朗艾姑姑打来电话，我知道今天她被二儿子马丁邀请在他家吃晚餐，她兴奋地准备了半天礼物，还特地将两个孙女的礼物精心包好，为法国儿媳准备了鲜花。临赴晚宴，特地打来电话给我说，今天将会很晚才能回到家，我们只好明天再见面，听得出朗艾姑姑情绪高昂地往外溢，毕竟马丁的邀请来得并不很容易。

但为什么这么快朗艾姑姑就来电话，这才刚刚9点呵？

这次朗艾姑姑在电话的声音有点怪怪的，问我现在方不方便，可以出来喝杯咖啡吗？她特别想见我。如果现在不方便也可以明天再见，然后挂线。

我觉得莫名奇妙，放下手里的书，乘上地铁跑到市中心使馆区她的家看她。我怀着忐忑不安的心情按响门铃，对讲机里面传来朗艾姑姑与刚才判若两人的轻松话语，令我不得其解。

“朗艾姑姑没问题吧？”我边上楼边想。朗艾姑姑见到我立即说：“Oh，我的天使，知道你能来看我，我已经恢复得差不多了”。

“发生什么事？”我的脑海出现连续问号。

原来晚餐吃完，朗艾就立即被法国儿媳“请”出来了。因为下面的内容是关于儿子马丁家购买房子的事，尽管朗艾姑姑想参加讨论。

“如果没有什么特别，我想你应该退席了，朗艾！”法国儿媳说。

朗艾姑姑余兴未尽地说：“我想参与你们买房的讨论。”

“可朗艾，你并不是这个家庭的成员，今天邀请你只是共进晚餐，晚餐已经用过，我们需要开自己的家庭会议来讨论……”

“我向她表示了我的反对意见，但还是不行！让塔尔（法国儿媳）已经把大门打开了，就这样……”朗艾姑姑委屈地摊开双手，耸耸肩，一脸无奈。

听着朗艾姑姑的陈述如同听戏，像电影中的对白，不过对白中似乎遗失了朗艾姑姑的儿子马丁。马丁到哪里去了？戏剧里的台词真搬到生活里，让人一下找不到感觉，生活其实是本高深莫测、很难读懂的书。

我虽不甚明白，但也绝不参与评论他人之事，尊重他人隐私是我一贯守则，妄论别人私事，是大无聊，更无须探求他人是非长短，指手画脚。我能做的就是切换轻松话题，与朗艾姑姑天南地北地聊起来，我知道朗艾姑姑对东方文化情有独钟，于是讲中国文化很多好玩的故事，很快朗艾姑姑情绪得到释放，全情投入我的话题中来，完全忘记刚才发生的不愉快，最后在传统节目——肩背按摩结束后，我离开了有了睡意的她。朗艾姑姑站在楼梯上不停挥手一如从前，继续开朗乐观。

维也纳，音乐如信仰般受尊崇，盛装是出席音乐会的基本礼仪

朗艾姑姑最喜欢参加音乐会，并热爱音乐家。朗艾对音乐家的热爱主要体现在每次出席音乐会都要认真洗澡、换装、化妆、理发，非常有仪式感，每一环节都不能少，一定要这样才行。

有一次，约瑟与我被邀请参加世界三大男高音之一的多明戈在维也纳歌剧院举行的音乐会，约瑟突然有事不能前往。我打电话给葛茨维森的朗艾姑姑，不知她是否能来，虽然通知朗艾姑姑有些晚，但朗艾姑姑一听马上就说：“谢谢孩子，立刻开车过来。”从郊外来维也纳路程一个多小时，那时已经是下午。

傍晚时，我在维也纳见到朗艾姑姑后，朗艾姑姑说：“快，快啊！孩子，我已经与我的发型师约好，我们先去一区（有市中

心最著名的理发店）剪发！”不说则已，一说引起我的注意，朗艾姑姑的一头银发短如男孩般修剪得很好，忠心地挺立着。我怀疑朗艾姑姑是否有必要见发型师再修剪头发。朗艾姑姑看出我的犹豫，宽慰道：“要去，一定要去，我不可以这样粗糙地去听音乐会，走吧，走吧，我的小天使……”

朗艾姑姑如抢险救灾的勇士，不由分说甩开一双42号大脚向一区理发店匆匆奔去。理发店如五星酒店，大理石精致装修，放射着迷人光芒的Swarovski水晶灯吊在彩绘的房顶，低徊的音乐弥漫空间，前厅接待处已经有专业接待小姐等候。朗艾姑姑到来被直送到二楼。来到二楼时立即上来三位小姐，热烈问候完毕，将朗艾姑姑的大衣、手套、手袋纷纷被拿去挂好，首饰被包装后装进保险箱。

我也被安置到摆满绿色植物与鲜花的高台上，有咖啡与巧克力可以选用。俯身望去朗艾姑姑正安详地合上眼睛躺在一张丹黄色的沙发椅上，三位小姐一主两辅齐心合力，围着朗艾动手动刀干起来。

我闲坐无聊，拿起时装杂志翻，一本没看完，朗艾姑姑已经站立起来掏钱付给理发师，然后走过来问我：

“看，是不是有了新的改变？”

我真不觉得有什么改变，一时无言以对。朗艾姑姑看我木讷，没表情地自言自语说：

“不管怎样，我不可以蓬头垢面参加音乐会，这样对音乐家是极不礼貌的！”

姑姑决定不再从跳台做燕式跳水，改成直落，那年她85岁

朗艾姑姑的身体非常健康，健康到不但可以游泳还能跳水。

有一天朗艾请我去维也纳市中心咖啡馆吃午茶，坐下来后郎艾姑姑一脸凝重，沉思片刻说：“我想，孩子，我要向你宣布一件重要的事情！”

望着朗艾姑姑极其认真严肃的表情，我连忙挺起腰坐直身体，等待朗艾姑姑庄重宣布。

“孩子，我做出决定，从现在起从5米跳台上跳水，不再做花样了。”

“很好，那，您想怎么样？”我问。

“改变动作，比如，”说着，朗艾姑姑起身，离开咖啡桌将全身收紧，两手并拢放在大腿两侧类似筷子，俗称“冰棍”式入水的动作，改变以前惯做的双臂张开“飞燕式”跳水，然后问我：

“孩子，你认为怎么样？”

“非常好！”我不但给予朗艾姑姑坚定肯定，还伸出大拇指来

强化我的赞许。

坦率地说，八十几岁的老人能游泳跳水已经相当可观，至于从多高跳台跳水，做不做花样，或做什么花样完全不重要。就像宇航员已经上到了月球，散步与单腿蹦甚至倒踢紫金冠，根本没有本质上的差别，谁会因此而介意呢，起码对我来说不会。

塞万提斯在《堂吉诃德》中写到：人类有三种可以自豪的天职，那就是科学、艺术及可以自由劳动。朗艾姑姑占了三分之二，艺术、自由劳动。几千平方米的花园经常自己剪草皮，还种了很多果树、香草、数不清的鲜花。

80岁生日时朗艾姑姑还亲自设计动手在花园中央掘了个很大的养鱼池，放养了几十尾锦鲤金鱼。几年后，我再来到葛茨维森朗艾姑姑的大花园，那些美丽的金鱼们已不复存在了，浮萍与周边的花草依旧。朗艾姑姑说，那些可爱并长大了的金鱼们，终于没有熬过最近一次漫长寒冷的冬季。

当我重返维也纳，再见朗艾姑姑时，她的肩背疼痛变得十分恶劣，她几乎坐不了几分钟就得躺倒，咬紧牙关倒抽凉气，人消瘦许多。尽管如此朗艾姑姑仍说：“我相信过两天就好，你是知道的，我从来不生病，从不……”我尽力不断地为她做肩背按摩，使她的疼痛有所缓解。

和姑姑告别的最后那个夜晚

在我离开她的那个晚上，朗艾姑姑支撑着身体靠在座椅上弹了一首她母亲创作的钢琴奏鸣曲，说是献给我们，记不得名字了。不过奏鸣曲旋律写得纯净美好，悠长飘逸，让人非常感动。演奏中朗艾姑姑倾尽她对母亲锥心的思念，那些旋律，很久都在我的脑海中萦绕，挥之不去。

黑色钢琴上点亮几盏烛光，摇曳的烛火照在朗艾姑姑有些苍老的脸上，岁月留下的痕迹，清晰地堆满朗艾姑姑的额头、眼角和法令纹。忽然，在烛光里我看见两颗晶莹的泪珠轻轻地溢出朗艾姑姑的眼角，朗艾姑姑并没有擦拭，依旧高昂着头望向天空，任凭泪水缓缓流淌……

钢琴弹完后，朗艾姑姑倚在沙发上，如数家珍般讲起她的母亲与她童年的往事。那一晚，她知道我喜欢白葡萄酒，特别是冰度很低的法国、德国、奥地利的白葡萄酒，还有奶酪、果仁。姑姑自己喝了白葡萄酒，说了很多很多回忆往昔的话，我陪她静静地聆听。

第二天，清晨我要向朗艾姑姑告别，这种依依难舍之情，使我彻夜难眠。用早餐时，朗艾姑姑几乎没吃，一直用一种复杂的目光注视着我，并不断往我餐盘加餐，我其实完全没有胃口。离别的时候朗艾姑姑用力地抱住我，长久地亲吻我的额头、面颊，反反复复摸着我的头，然后在我的耳畔悄语道：

“孩子，我不知道今天分别，是否还能再见到你。”

我的心像触电般颤抖了一下，多少年来啊，这是我第一次听到开朗坚强、充满自信的朗艾姑姑的不自信。

“会的！一定会的！”我用力地尽量若无其事的点着头。

“Ja，孩子，我也相信会的，一定会的！”朗艾姑姑用力地笑了笑，刹那间一串饱满的泪珠，从朗艾姑姑眼里喷涌而出，而且长流不止。我帮她擦了又擦，泪水还是止不住，一生自信、乐观、坚强的朗艾姑姑那天的泪，也浸湿了我以后思念她的岁月。

与安妮博士和比特在维也纳家中

主持奥地利华人总会成立盛典

与中国法国工商会前主席，现名誉主席甘安懿（Annick de Kermadec-Bentzmann）

与维也纳大学教授

与维也纳大学同学

与朗艾姑姑

与朗艾姑姑在维也纳中餐厅

与萨琪在香港南丫岛

与萨琪在北京家中的摄影棚里

美国音乐家麦克

意大利演员查利

蒙古音乐家赛里耶

在美国纽约

漂亮未必是美丽

某个秋日的下午，朗艾姑姑和我坐在她的葛茨维森花园里喝午茶，蓝天明净高爽，白云浅淡悠闲，花园尽头是连绵不断的山峦，据说是阿尔卑斯山的余脉。深棕色的远山肃穆宁静，时空不再转换，人与大自然不由自主地陷入世纪的冥想中……

因空气中多了很多负氧离子，到处弥漫着秋天特有的微甜与清新，吸进去令人心旷神怡焕然一新。心中溢出了小小满足，仿佛这个成熟的季节使你拥有了一切。

雨后的维也纳郊外，空气中弥漫着特有的清新微甜

午茶在惬意中缓缓进行，快到傍晚，夕阳如梦幻般出现在远山的上空，如血染透了天际，像是赶着一场期待已久的约会，向山的脊梁疾步而去，缤纷的彩霞成群结队地欢送着离别的夕阳，千般不舍。看着这动人心魄的天图，心里一阵感动，不禁脱口而出："Wunderschön（太美丽了）!"

喝茶的朗艾姑姑优雅地点点头附和着："Ja, wunder schön（是的，太美了）!"

接着朗艾姑姑又说："来，孩子，如果你愿意，我们练练德文造句吧……"

德语系国家的人思维逻辑严谨，做事极其认真，一丝不苟，绝不模棱两可。德文使用的语法、词组、句子，内容要非常精准，一字之差谬之千里，连称谓都不能马虎。在奥地利称呼陌生人名字之前一定加上学位，如：教授、博士，甚至硕士以示尊敬。初次见面，一定称呼您（Sie）而不是你（Du），如果你上来就称呼你（Du），会立刻遭到毫不客气的纠正。透过德文交流可以看出一个人的教养修养的品级。

回国前诸事繁杂忙乱，迎来送往不断，各界亲朋好友都来话别，情深意长，依依难舍，如送我去爪哇国，甚至有点像诀别，

恐怕今生今世永难再见。来访的都是朋友，来了不愿意走，我只有奉陪，午夜还有人来，一生的话都希望此时表达完毕。朋友们话长情更长，坚持要好好陪陪我，更多时间沉浸在与朋友们对往事的回忆中。

一直没有片刻的安宁，最后一个星期几乎没睡过，稍有空闲，我还想躲起来独自静坐一会儿，找回迷失的自己。学习语言自然被抛到九霄云外，已经交了半年英文私教的学费，几乎没学。私教老师其实很敬业，登门几次，只说几句中文，又让我送走了。最后老师觉得过意不去，提出退款给我，我没同意，因为没学英文是自己无暇顾及。英文都没时间学，德文更是连想都没敢想。

那时，朗艾姑姑邀请我来她郊外葛茨维森家做客，只要我稍一犹豫，朗艾姑姑就会不紧不慢地说："我们可以练德文造句。"

"我们可以练德文造句"这话，对我有着极大诱惑力，对于当时的我非常需要，因为来维也纳时，我连德文的A、B、C、D都不会，在维也纳大学学习德语后，虽然能进行基础交流与写作，但离精通相去甚远。

朗艾姑姑像经验丰富坐堂诊病的老中医，不望、不闻、不问、不切脉就能开方下药，隔着电话就能知道我的反应，语气稍有停顿，只要轻轻一点："我们可以练德文句子"，我就立刻欢呼起来，立刻答应，如饥饿许久中挣扎的小鱼自动上钩，省去垂钓工夫。

姑姑朗艾心中的美丽与漂亮

朗艾鼓励我说：“来，孩子，多练练德文句子，会对你与奥地利人沟通有帮助……”

我说：“好！”转头顺手指向刚刚离去的内路。内路是朗艾姑姑的女佣，十分机灵，能眼观六路，耳听八方，如同受过国际饭店高级管理的培训，精明能干，把朗艾姑姑家里弄得像五星酒店，一尘不染，所有东西放在什么地方，内路如数家珍。内路的记忆力超强，朗艾姑姑家非常大，东西多如山，她把车房工具、器械，摆放得井井有条，库房里更是琳琅满目，应有尽有，光是用从花园采来的各种水果自制的果酱，就不胜枚举，被内路整理成军队士兵的方阵，纵横有序，东西虽多，但分门别类井井有条。

内路是朗艾姑姑到自斯里兰卡旅游时领回奥地利的，因为，觉得内路可怜，婚后不足一年丈夫因车祸去世。朗艾姑姑带回内路，把内路女儿，暂时留在斯里兰卡。

“今天午后天气很美，我们的朋友内路也很美，内路是一位来自的斯里兰卡Wunderschön（非常美）的太太。”我说。

“噢，不，不，孩子，你不可以说内路美，你可以说比较漂亮，但不能说美丽。”朗艾姑姑先一愣，然后温和又严肃地晃了晃食指说。

朗艾姑姑是奥地利人，丈夫是德国人，任原西德电视台的总监（已去世），朗艾姑姑和先生结婚后入了德国籍。德国人与奥地利人都一样，Ja und nein（是与不是）清清楚楚，说话办事果断清晰。不像日本人光点头哈腰，鞠90度大躬，遇事不表态。奥地利与德国人都没有这份耐心，他们需要的是对问题有精准答案。

好朋友、我的学生简（Jean），在维也纳的联合国工作。简告诉我，办公室新来了位日本人，平时大家谈笑风生，完全可以沟通，日本人的德文很好，看不出有什么不妥。但一到需要每人表态时，日本人就像突然失聪听不懂德文一样，转来转去，沉思默想后唠唠叨叨就一句：“Oh, so, so, oh, so...”

“so是什么？！什么是so，这究竟是什么意思？日本同事他到底想表达什么呢？”简讲述日本同事时，摊开修长的双手，睁圆眼睛望向天空，并将肩膀高高耸起，再放下，大惑不解！

因为“啊，so，嗷，so……”根本没意思，就像睡觉前打的长长哈欠，能当小夜曲欣赏吗？

“美”的德文发音schön很好记，与中国一种古老的乐器埙（xūn）的发音差不多，只是“埙”念第一声，schön是第四声，声韵母完全相同只是声调不同。

埙是我最喜爱的一种乐器。不仅因为它的历史渊源悠长，且音色优美。据说第一只埙是从河母渡古遗址挖掘出来的，埙迄今已有7000余年历史，每次讲中国文化介绍历史年代时，常令朋友羡慕非常。埙，吹出的音色尤其令我感动，古朴、苍凉、模糊、遥远，使人发古幽思，听埙可以感受到心灵风暴平息后的那种罕见的宁静悠寂，多么浮躁不定的心也会被埙的宽厚饱满的音域征服。还有埙那如梨样的造型，简单拙朴，看着它就让人亲切抱在手里，握感舒服，更是一种空前的和谐，由于喜爱中国埙，就容易记得住德文的schön。schön就是中文"美、美丽、美好"的意思。

朗艾姑姑是作家，一贯表达清晰，加上又是作家，所以遣词用句相当准确。来维也纳常听人们说schön，比如，听完一场音乐会可以说schön，读过一本好书可以说schön，自己动手画张画，煮一顿美食请朋友品尝，朋友看到或品尝后，由于欣赏后也会高兴地说schön，尽管有时不够太理想，出于礼貌也会友好地说schön，甚至一次维也纳大森林里满意的散步，归来后也可以说是schön。既然schön被这么广泛使用，为什么不可以说内路？朗艾姑姑知道我要问她为什么。

"孩子，你说对了一半，内路是很漂亮，平时工作也很好，但发起脾气来可以掀翻屋顶，掀翻屋顶的人怎么会是美丽呢？"孩子，还记得我们听约瑟在家弹琴开音乐会的那次吗？"朗艾姑姑温和地看着我，帮我回忆到"那次"。

约瑟在挪威出了一张吉他新CD，带来送给了朗艾姑姑。因为朗艾酷爱音乐，自己也弹钢琴，钢琴弹得相当有水准，甚至难度较大的奏鸣曲也非常流畅自如。朗艾姑姑尤其喜爱舒伯特作品，根据歌曲《鳟鱼》写成的变奏曲，故又被称为《鳟鱼五重奏》。

朗艾姑姑用她柔软灵活的十指，将清澈小溪、淙淙流水与水中活泼可爱、悠闲自得的鳟鱼表现得活灵活现，朗艾姑姑自己陶醉其中，也感动了默默欣赏的我。我在想，若只闻琴声不见其人，你大概不会相信这琴声，出自八十几岁的老人之手。

其实在维也纳人人都是音乐家，全奥地利的人都热爱音乐，所以维也纳才被世界公认为“音乐之都”。周末，维也纳空气都飘浮着音符，可以看到肩背手提、行色匆匆的人们，家家都可以组成乐队，客厅变成音乐厅，没有一次Party聚会只是吃喝玩乐，天南地北不着边际胡侃，一定要有音乐才能将Party推向高潮。在维也纳，没有音乐，如法国人大餐没红酒、奶酪一样扫兴。

在维也纳有人问你的职业时，如果你是音乐家气氛会不同，马上热烈起来，你会看到对方的眼睛放射出怎样的一种光彩。他们会马上问：作曲家还是演奏家？作曲家比较受欢迎，作过什么曲？最喜欢哪位作曲家的作品？如果是器乐演奏家演奏什么乐器？举办不举办音乐会，什么时候，在哪里？瞬间，你们可能像久违的老朋友一样聊起来。

音乐，在奥地利是最好的签证，到哪里都会畅通无阻，素不相识的人因为音乐不再陌生，音乐无国界在奥地利绝非戏言。

连小孩子对你接受与否都取决于你对音乐知识的拥有量。他们喜欢问你关于自己国家音乐家的故事与作品，如果他们满意，毫不掩饰的内心的喜悦会立刻表现出来，小脸儿盛开，放射出如意光芒。如不满意，她们会马上说：你，太让我失望了……

有了新CD自然要共同欣赏，但朗艾姑姑暂时没想好买那个牌子的CD机，所以又打来电话问：约瑟，可不可以带上吉他，和我一同去葛茨维森度周末，开一场现场演奏的音乐会？

周末那个晚上洁白宁静，因为天上悄悄落下了鹅毛大雪，雪落无声像是无言的倾诉一发不可收拾，不知不觉中落地窗外已是银装素裹。上帝是忘记了还是慷慨相送，圣诞的雪还未化尽，人们仿佛又迎来了一个崭新、洁白的圣诞。

朗艾姑姑、约瑟和我还有一狗两猫，坐在一起酝酿着音乐会前的温馨，内路稍坐片刻就走了，去了厨房。朗艾姑姑捧来一大把下午刚买来的香槟色和白色的玫瑰，白粉相间的康乃馨与满天星，插进茶几上的古典高脚水晶樽，又去端来红酒、白葡萄酒、各种奶酪、烤好的点心，还有带果仁的巧克力准备享受，大厅里到处是点燃的温暖烛光，烛光温情地摇曳着，期盼这个设计已久的私享音乐会。

第一首是泰雷加《阿尔波兰宫之回忆》，这是朗艾姑姑设计的开场首曲。这是一首美丽得几乎被所有热爱古典吉他的人所钟情的作品。乐曲唤醒了人们对如烟往事的美好追忆。循环反复不断向上攀升的轮指，牵引着你的灵魂飘然飞起，旋律如细细的浪花一次次向你涌来，小心翼翼地抚摸你柔软的心后，又恋恋不舍地退去。乐曲在轻轻的泛音中缓缓结束，听得大家如醉如痴。美中不足的是内路在厨房里不知做什么弄得叮咚响。

朗艾姑姑说："内路，请不要做了，快来听音乐，太美了！"

第二首，约瑟弹了日本作曲家武满彻的作品《片絮》，武满彻是一位极感性的作曲家，善于用乐器的和声音色，编制出音乐世界如禅如画、风格独特的意境。《片絮》是武满彻为吉他写的三首音诗。亚洲作曲家约瑟最喜欢武满彻，以至约瑟一见到我就爱意无比地问："喜欢不喜欢亚洲的 Takemitsu 先生？（那时约瑟还不知他的中文名字）"我瞠目结舌，完全不懂谁是 Takemitsu 先生。

这首作品属现代派风格，音乐的空间相当大，很多细微泛音需要平心静气仔细听。

这时，哐，哐，哐哐几声重响后，内路出去了。朗艾姑姑先是一愣，马上说：

"非常抱歉，Jo，可能内路扫雪去了。"我起来关上大厅的门，重新坐好。只见朗艾姑姑把头靠在沙发上，合上眼睛沉浸在遥远的冥想之中。

一切回归于音乐世界后所有都变得美好，吉他声继续快乐起来。

突然，哐，哐，哐，如低音大鼓猛捶三次，接着是跺脚声，内路又回来了。三响是因为从大客厅到最外面的门共有三道。

“Oh，上帝，她想做什么啊？”朗艾姑姑迅速睁开眼睛望着天花板无力地叹息着，然后披上大衣找内路去了。于是争吵由小到大开始，这是我第一次看朗艾姑姑发脾气，内路不开心时喜欢噘嘴。但像这么梗着脖子冲着朗艾姑姑怒目圆睁，脸几乎贴近朗艾姑姑面颊吵架，而且音量调到最高分贝是我第一次见到。顿时让我们手足无措，不知安慰谁，怎么去安慰。最后还是我冲进去，约瑟赶忙搀回愤怒不已的朗艾姑姑。

内路哭得相当伤心，化过妆的脸也花了，不断用头撞向我的肩膀，我努力支撑着身体才没被撞倒。内路哭声高低起伏，抑扬顿挫，嘴里像事先默诵好了一篇课文，连绵不断地吐出一些完整句子，听不清是德文还是僧伽罗文。西方心理学分析：女性痛哭是为了让自己尽快镇定下来，我默默祈祷内路能早点安静。

第二天早餐时又恢复了往日的宁静，朗艾姑姑如常，只是内路依旧嘶嘴。下午去大森林散步的时候朗艾姑姑说：内路有严重的妇科病，丈夫去世心情不好，经常发小脾气，因为没其他对手也只能和一狗两猫闹，我可以理解。但内路总有要求（好像关于接她女儿来维也纳的事情），要求得不到满足，就在客人朋友来时发作，这点我绝不能容忍，这是一种要挟……

那天，印象最深刻的是为了安慰朗艾姑姑我们走出了好远好远。天黑了，在维也纳大森林里伸手不见五指时，我因为害怕才往回走。

“孩子，我知道你在做练习，练习也应尽量准确，schön是一种历练很久的内心修养，美，是文明的、高尚的，不能任意使用，会亵渎她的尊贵内涵。”朗艾姑姑打断了我的思绪。这句话让我苦思良久，也想了很多年才知道。

美丽，其实一言难尽

有机构邀请我写一本关于女性的书，我想如果写，可能选这件事做命题：漂亮是美丽吗？

那么，什么是美丽，美丽应该是怎样的？当然见仁见智，世界上恐难有统一答案，角度不同，观点各异。

我希望的美或许这样，当然亦是一管之见：

美丽，应该是婉约含蓄的。快速的现代化生活使人们变得焦虑急躁，失去耐心，表白直露，粗糙粗鲁起来，表达失去一个悠缓过程，想要索取全部写在脸上，甚至有些人的背后，清晰地别着明晃晃大刀，阔步走来收割，收获满满后竟毫无谢意。一个文明的社会，人与人的交流是需要教养，要有仪式感的，交流不必滔滔不绝，婉约含蓄也可以达至目的，有时借助一道目光，一举手投足、一个会心微笑。自然界的春华秋实、一弯晓月、一抹夕阳、一点新绿、一缕清风都很美，它们的美并无道白，婉约含蓄，还应有对他人的尊重与教养。

美丽，应该是温柔、温馨、温暖的。氛围的温馨令陌生人宾至如归，感情的温暖可以疗伤治病，待人温柔如春风拂面，化干戈为玉帛，温柔、温馨、温暖，使人心旷神怡，彼此舒服，心态的安详平和，心灵达观宽容，关心关爱人与人、人与自然、人与动物、人与地球，既能感动他人，也能感动自己。

美丽，应该是谦恭礼让的。谦卑是为了庄严自己。总统与乞丐没有区别，只是角色位置不同，生活的瞬息万变常使各种角色戏剧性转换，人该是没有理由居高临下藐视任何人，尤其在春风得意时，谦卑的可贵在于使人常自省觉悟，能体悯别人的苦难。去帮助他人是一种心灵美丽。

美丽，应该是积极阳光的。一个人的阳光与阴郁决定他命运的走向，充满朝气、生机，乐观向上，拥有一种扑面而来的对生命的热情，对人不分贫富贵贱的关爱，对人之不能分割的大自然的热爱，对小动物们的生命给予疼爱，只有给予人类、大自然、小动物强烈爱的人才能激发出一种力量，使他得以探求、领悟生存的真理。

美丽应该是自然质朴的。罗曼·罗兰说过："美好的事物不仅令人感到舒适，而且也最自然简单。"美的平实就在于它不哗众取宠、故作姿态，不在乎金玉其外而重内在其中。认为自己外在"够不漂亮"的女性，完全不需要自卑自弃，生活属于你，要什么由你自己来选择，也包括选择自己美德取向。

美丽应该是善良纯净的。比起转瞬即逝的流行时尚，美丽更要循序渐进、踏实投入，修为、修性、修心、修灵，不疾不徐，一路躬行，从每个细节做起，掌握美之精髓，相伴岁月远行，而美丽与魅力与日俱增，历久弥新。对美抱有极大兴趣，永远是心地善良的标志。

我想，我们应该有理由认为：美丽并不一定漂亮，而漂亮未必是美丽。

萨琪想你，春花遍开时

萨琪，5月后，院里绿萝爬满了墙，松树柏树油亮亮的，玫瑰、桃花、杏花、槐花、石榴花顶起的花蕾，争相绽放，那些更早报春的蒲公英，黄色的，紫色的遍开满地，这些美丽的鲜花中，第一次少了你快乐活泼的身影。

萨琪，天国中的你，好吗？是否有了新的妈妈，我想她会如我般爱你，你知道，我在想你吗，不是一般的想呵，而是非常想。

萨琪，你在梦中是否梦到过妈妈，而我不需要托梦也能见到你，事实上你从未离开过我，是吗？每一天我们都形影不离，你的照片被放到电脑屏幕上，家中很多地方都留下了你的身影，我的书房摆满了可爱的你的照片。所以，在我思念你的时候，还可以看着欣赏你。尽管阴阳两隔，可那些连绵美好的回忆，总是缓缓飘来，你清晰得无处不在，甚至我可以感受到你的呼吸。

春来时，我们迫不及待地播下很多花种，撒在你的小冢周围，轻轻地掩埋，只淋上少许水，生怕冰凉水的湿透，惊扰到梦中沉睡的你。

萨琪，妈妈感觉，你就真真切切地坐在我身边，一如既往地守护着我。静静地，威武地高昂着头，背紧紧地贴着我的身体面向外，睁大的眼睛机警地巡视着你能看到的一切。你的一丝不苟让我有时怀疑是不是过于担心，外部的世界果然会有那么危险吗？看到你炯炯专注的神情，我会泛起阵阵的感动，这种感动，表面不起波澜，但却悄悄伸延，慢慢渗透，直达我心底深处，那潭静谧思念的湖。

萨琪，天堂里的你好吗？你知道，妈妈在写你呐

萨琪，你知道妈妈在写你吗？对你或许完全不重要，因为你根本看不懂人类堆砌出来的烦冗文字，你不需要。你用你忠良的善心、威武的气势、敏锐的眼睛就足以看懂这个世界，文字有时也会苍白无力。

但，文字就我而言意义非常，我要写下的这些，是把我们朝夕相伴共同度过的岁月记载下来，那些往事虽并不跌宕惊人，但却给我们留下很多快乐的追忆。由衷地感恩生活，因为快乐而更加美好，我们的快乐或许还能给那些热爱生活、热爱小动物的人们带来更多快乐。人啊，无论多么挑剔，却从未有人会拒绝快乐，不是吗？

萨琪，你与妈妈相依为伴走过了16年，16年来我们共同居住过很多地方，那些小山大海，陆地平原。每当我独自坐下，你不论在哪里玩，似乎都有一种心灵感应，都会迅速敏捷地跑到我身边先仔细检查周围是否安好，再静静地坐下，陪伴着我。

有时，你一路狂奔过来，还夹裹着大口的吁吁气喘，那气息直扑扑扫荡着我的面颊，像暖暖的微风吹拂，我甚至能听到你强劲怦然的心跳，像鼓，对，像一面迈着矫健步伐敲击的凛凛军鼓。

任何人无论他多么强大，就算伟人，也无法挽住转瞬即逝的光阴。有人说光阴似箭如白马过隙，一切皆成空白。你不是，一个月也罢，一年也罢，十六年噢，你与妈妈彼此忠诚，朝夕相守从一而终。

因为爱你，来自英、美、中三个妈妈的不期而遇

萨琪，你知道，其实你是很幸福的，你的一生里有三个来自不同国家，非常爱你的妈妈。英国妈妈丽莎（Lisa）、美国妈妈珮塔（Peta），还有中国妈妈我。我们不经意间组成欧美亚国际妈妈团，共同爱你。我是三个妈妈中的最后一位与你相识的，感谢上帝的是，你最终选择了我，我这样说是否有点窃喜，但你无论如何都想不到，我有多么爱你。爱你，因为你毫不保留、竭尽所能地奉献了你的全部善良、勇敢、忠诚，甚至视死不惧，让我感悟良多，感谢不尽。这种爱是一切光阴都无法淹没的，时间无论怎样远去，它在岁月的长河里已经变成永恒。

萨琪，人说学海无涯，不经意间，妈妈向你学习了很多，在你离开后愈加强烈感知。你每天都用生命保护着我，尤其我们在山顶居住时，四野无人，只有树林花草，山与对面的大海，你则通宵不睡，一直巡视，偶尔听到山下路过的行人，你也会大吼几声，以示警诫，连陌生的小猫野狗都不放过，一定赶其离开。我们的爱是互为赠予的，才会醇厚得像经年老酿，历久弥香。

生活因为有了你，让我更加省悟自己，感谢生命中所有给予我们的好与不好，感谢大自然所有的赠与和失去，生活有了你，单调木讷的世界也会丰富亮丽起来。

萨琪，妈妈从优雅悠哉的维也纳来到快速如飞，甚至腾空而起的香港极其不适应。与维也纳的朋友间电话沟通：首先语气舒缓地致以温暖问候，然后讲天气阴晴冷暖，或最近永恒音乐，昨晚或最近听了什么音乐可以分享等等。而香港人生活节奏极快，拿起电话，单刀直入即刻说事，有些人张嘴便说："讲！"

初落香港接电话打电话都非常紧张，完全不习惯这种交流风格。由于自己不懂粤语，更不懂粤语中夹杂着港式的英文，打电话经常被对方挂断。我抱住电话还在寻找如何准确表达的词汇时，那边已传来是"嘟，嘟，嘟"的短鸣音。所以，我尽量不打电话、不沟通，基本静言，实在要致电，先在纸上写好要点。

香港生活节奏非常之快，人们常说："忙得飞起。"走路也是飞快，每次我们的大船抵达香港岛时刚刚靠岸，人们便毫不迟疑、奋不顾身冲出尚未停稳的大船，狂奔如飞。最初的我由于搞不懂为什么要如此走路，依旧按照自己的维也纳节奏，结果常被飞起来的人们左推右搡，跌跌撞撞，后来为安全起见，免得被人冲撞，大船靠岸我自己先跑，好像被围追的要犯。一个月后发现皮鞋后跟磨掉一半，这在维也纳绝无可能。在那里，鞋跟一年毫发无损，安然无恙，维也纳的优雅包括步履悠缓的节奏。

香港人讲话速度也更快，有一次受邀参加晚宴，去我的中文学生、奥地利驻港总领事家，碰到一位匆匆行路的香港朋友，他看见我们说："Jo，雷逮，黑边逗（Jo，你们去哪里）？"我听不懂，安静的站在一旁。

只见约瑟摊开双手仰天思索，可能想不出奥地利总领事家的地址了，就在约瑟的认真思索中，谁知那位朋友根本没听，竟然飞步走了。令我很震惊，拉拉约瑟衣角说："不要想了，问话的人已经走了。"

萨琪，很多外国人因为不能适应香港节奏，搬来南丫岛上居住，这里被称为"小联合国"。在这个小联合国里，非常幸运地遇到了你，是上帝赐予我此生最好的礼物。因为爱你，让我们来自欧美亚的三个妈妈不期而遇。认识了你的美国妈妈珮塔后，不久也认识了你的爸爸皮特，原来他也是搞艺术的，是位加拿大喜剧演员，听他们讲起你的故事，更让我怜爱你不已。

萨琪，要记住噢，你的第一个妈妈是英国的丽莎女士，有她才会有你，才有了你的故事，才有了我们的相识。中国的文化告诉我们，滴水之恩涌泉相报，更何况救你生命之人。丽莎现在越南西贡的英国越南友好交流协会工作。离岛之前，丽莎千般不舍万般不忍地，把你托付给珮塔与皮特夫妇照料，为此，她哭了很久很久，因为你的生命与丽莎息息相关。

那天深夜，丽莎去倒垃圾，垃圾倒完，刚要离去，突然看见倒进的垃圾异常地涌动起来，丽莎大吃一惊，急忙拨开垃圾想看个究竟，诧异地发现了你！你蜷缩在一个纸盒里，可能是刚刚扔进来的，身体还有温热，丽莎惊喜地抱起你飞奔回家，给你洗澡喂奶，生怕你感冒，裹了毛巾被还不放心一直抱你至天亮。第二天一早带你去岛上医院检查，医生说你来到这个世界不过两个星期。后来才知道你的爸爸妈妈在岛上被香港来的捉狗队带走了，你是一个弃婴。

初次相识，在大海归来的码头长堤上

那年，我刚刚从奥地利搬来香港南丫岛，一次在码头长堤的漫不经心散步中偶然地看见你。顿时，被你强烈地吸引。你不知道你有多么醒目，乳白的毛发非常茂密浑身闪光，小身体不大毛茸茸的，硕大的头几乎占据身体的二分之一，两只金黄色的耳朵，鲜红的小鼻头亮晶晶潮乎乎，四肢小手小脚粉粉的、嫩嫩的。我不明白，这些可爱的色彩为什么上帝都送给了你，我从来没有见过这么奇特漂亮、憨态可掬的小狗狗。

与你相伴同行的，总有一个满头鬈曲金发，大大眼睛，翘翘睫毛像个布娃娃，嘴里还叼着奶嘴躺在童车里的小姑娘，和一位同样金发的白人妇女。后来知道，她就是你的美国妈妈珮塔，再后来又认识了你的加拿大爸爸皮特，你们是幸福美满的一家。

萨琪，从喜欢到爱，一步之遥瞬间跨越。因为爱你，所以渴望见到你，然后用心寻觅你。常看到你们一家在岛上出行，看到你站在码头和你的妈妈、小姐姐，一同等你们的爸爸归来，也会看到你一个人在岛上山路跑来跑去，但后面总跟着几个不同颜色、不同品种的大小狗。每次从香港归来，踏上小岛的那一刻，我开始留意，你是否在码头、在小路上，在沙、在树林中。

萨琪，为了爱你，我有时间就会偷偷地找你（因为我不知道你的妈妈是否介意我常去看你），尤其你一个人孤独地看家时候。你每次看见我的到来，都非常开心，快乐地跑来，摇着毛茸茸的大尾巴，你的小饭盆时常是空的，偶尔也有几小块干干的奶酪和面包屑。每次看到此景，我都会跑回家做一点肉和带些牛奶、面包送来，你总是感激不尽地摇尾巴，在我脚边团团转，转瞬吃完，低头吃的时候，依旧不忘感恩，用力地摇着大尾巴。那时候你还很小，小手小脚粉嫩嫩的，为了给你增加营养，我去请教岛上的荷兰医生。医生介绍了一种最好牌子的法国狗粮——Royal Canin（皇家狗粮），我买了一大袋。

那天傍晚，我从香港回到自己家后，拿起Royal Canin，我决定堂而皇之地拜访你的家长。我刚一出现原住民的小街口，你大概有感应欢快地跑来迎接我，然后领着我回家。我把狗粮，当然也有为你小姐姐的准备的礼物一同交给珮塔。正在煮意大利面的珮塔先是一惊，而后立刻欢呼起来，不断致谢，你呢，也高兴地摇着尾巴，在我腿间钻来转去，突然仿佛有种能量推动了你，立起身来，张开双手抱着了我，好温暖哪。刹那间，我发现你已经长大了，不再是那个小Baby而像个小小的Man（男子汉）。

第一次，向你表达

萨琪，你还记得吗，有一天，我坐在家里写文章，抬头时，我看见窗外不远的地方的你，还有你后面那一群忠诚你的小朋友紧随你似乎要下山。我赶忙跑出去，生怕与你失之交臂，你似乎发现了我，停下了脚步，然后回过头摇着尾巴望着我，好像在问：找我有事吗？

“是的，我想和你说说埋藏在心底许久的话。”我站在那里，用英文告诉你（因为你听不懂中文），“Hi，Doggy，你知道你有多么可爱吗？我非常喜欢你。”

你歪着头看着我，摇着尾巴，算是一种肯定，肯定了我对你的喜爱。

我受到鼓舞继续说：“你觉得有没有可能，如果你听懂或同意我的话，来我家坐一坐好吗？你可以想一想，真的同意可以现在跟我来，OK，让我先走。”我似乎有点迫不及待。

你站在那里似乎思索起来，歪着毛茸茸的大头，我不知道接下来的你会怎样……

我领先一步赶回家，安静地坐在客厅里等你，等待奇迹发生。其实，这仅仅是我的一厢情愿设计，我不知道奇迹是否能够发生。几分钟后，花园小门被推开，接下来瓷砖地上居然响起了脚步声，而这脚步声，就是你的四只小手小脚在地面上踩出来的响动。

哇噢！我万万没有想到，你居然能听得懂我讲的话！当我的脑海沉浸在回忆刚才与你的对话中，突然，门口有一个雪白的毛茸茸的大脑袋伸了出来，那就是你！！嗖地一下，你居然跳进门来了！我一下抱住了你，而且抱了很久，我不知道是什么样的一种感应，一种能量，让你能够听懂我的话，让你能够听懂我的话后，又相信我，让你相信我以后，又这样亲密无间地任我拥抱，这，这太出人意料，令我不可思议后感动非常。

在人类社会中，人们之间从相识到相信是漫漫长途，而与你此生相遇相信竟是如此简单，你心地是那么善良，没有迟疑，没有防范，没有戒备之心。瞬间，我被幸福淹没。我激动地拿出为你准备许久的肉干、肉骨棒、小玩具，因为我不知道，我是否有幸能邀请你来我的家，这些食物是有备而存的。看到这么多美食，你似乎还有些羞涩，不好意思吃，过了一会儿，在我的邀请下，才慢慢的很有风度地咀嚼起来。

萨琪，坦率地讲，见到你是我平生第一次开始认真思考是否也养狗。因为我从未亲自养过狗狗，国际旅人迁徙频繁，诸事繁多，经常要远行，有时要走得刻不容缓，买张机票便飞。养狗还有没有做好心理准备，一直在犹豫中。

我认为，养狗与养孩子无异，要尽责、用心，承诺必践诺，一旦决定，就是一生的守望相依相伴，我不知道自己是否具备这种能力。在欧洲应朋友之托，假期看过几次小狗，每次朋友归来领走小狗，分别倍感难舍。而今站在我面前的你，让我觉得异乎寻常，你已经走进我的生活，我相信此生不会分离，或许已成为生命中的一部分。

妈妈送给你一个德文名字——萨琪（Schatzi）

我觉得有必要说出我的想法：

“Doggy（因为当时你的爸爸妈妈叫你 Doggy），你这个名字很好，可是没有特别意义，只是狗的称谓。而你，是那么的不同，我想为你取一个新的名字，想了很久选择了德文名字，叫 Schatzi（萨琪）。” 我告诉你为什么要送“萨琪”这个名字给你，德文的意思是“Darling，亲爱的，可爱的，最爱的”，萨琪在德文里负载了所有的爱，我觉得所有的爱集中一起送给你萨琪，是最完美不过的。

我在讲解这个德文新名字时，你坐在我的面前，两只手一直搭在我的腿上昂着头，立着毛茸茸的黄耳朵专心聆听，其间，似乎明白了我的意思，不断摇着大尾巴。最后我说：

“Doggy，我们要尊重你的皮特爸爸和珮塔妈妈，他们在时依旧叫你Doggy，如果不在，只有我们，就叫你新名字萨琪，可不可以？以后我一喊萨琪，你就答应，好吗？”你立刻摇起毛茸茸的大尾巴。

萨琪，你到底是谁？为什么如此懂我，好像我们前世未尽今生来了的，我们之间一片坦途，毫无障碍。但我依旧忐忑，不知道这个德文名字是否能让你接受，会变成事实，所以，我决定寻找机会试一试。

那天，你的爸爸妈妈还有小姐姐又出海了，我知道你每次都会送他们，我看他们挥手和你告别等你回家后。我突然萌生要测试一下你对新名字的反应，贸然喊了一声：“萨——琪——”，那是第一次，我尝试你是否还记得或听懂你的德文新名字，所以我喊完“萨——琪——”以后，又喊了一声，因为我怕第一声你没听见，当我要喊第三声的时候，我看见，看见你，从家飞奔而出冲向我，转眼已来到我面前！

“Schatzi，ich liebe dich（萨琪，我爱你）！”

那一刻真的让我惊讶后倍感激动，从此，没人的时候，我就叫你萨琪，你呢，就像听到一个号角，立刻冲到我的面前。

萨琪这个名字就变成一个契约，变成哗哗作响的大旗，名字唤出，你即刻在眼前。以后的岁月里，我差不多每天下午都要出海，因为我要授课，教学生，会晤人，谈项目……总之要离岛。而你，有时会淘气地悄悄跟在后面，被我发现，几次让你回家，你虽转身，但只是藏起来，藏在花丛里，大树后，稍躲片刻，再继续跟踪，常常坚持送我到码头，摇着毛茸茸的大尾巴和我拥抱后再告别，大船启动，你才自己往回走。回去的路走得很慢很慢，每次还要不断回头，甚至坐下来看看还在向你挥手的妈妈我，每每都是一场惜别。

一次夜归后，心中顿觉空荡荡的，蓦然发现有三天没有见到你了，当我回来打开门坐下时，疲惫中又想到你。我的萨琪，不知道小别后的你是否安好？突然一阵急促挠门声响起。我很诧异，谁会子夜来访？当我打开门一看：哇，萨琪，是你！你迅速跳了进来，这世界上果真有心灵感应吗？怎么会是这样的巧？ 第二天，岛上原住民邻居告诉我：昨夜，鬼佬（香港人称外国人“鬼佬”）的狗崽，来了几次找你，无人，走了又来，很多次，好通人性。

我多想，与你的美国妈妈共同抚养你

萨琪，我觉得爱你，应该坦坦荡荡，真诚对你的爸爸妈妈直言，让我们来共同抚养你。几天后，我下了船，看见你在码头上等你的妈妈和姐姐，当时你也看到了我，你快乐地先拥抱了你的妈妈和姐姐，再跑过来和我热烈拥抱。

我们一同往回家的山上走去，路上我按捺不住思考共同抚养你的问题，突然问珮塔：

“珮塔，我有件私事想问你，可不可以？”

珮塔说：“没关系，亲爱的，讲吧。”

我说：“谢谢珮塔，是关于Doggy，你知道，我非常爱他。你觉得，有没有这样一种可能，让我们大家来共同抚养他。”

谁知道谈笑风生的珮塔立刻停下脚步，看着我，表情相当严肃，不容置疑地说：

“Oh. No. No. It’s no possible! 因为Doggy是我们的家庭成员，在我的女儿出生还不到一个月，丽莎就把他送来了，他是我女儿的弟弟，他们姐弟俩关系非常亲密，不能分开。抚养Doggy，我们是有权利、责任、义务的，共同抚养完全没有可能的，我们是一个完美的家庭，不过，你可以来家里看他！”

我听完，虽然心里难受，但再细想可以理解珮塔的感受，人是要知足的，没有欲望谈何失望。珮塔说可以来看你，也很好，算是某种安慰了，起码珮塔知道并肯定我对你的爱。但你好像听懂了什么，冲我直摇尾巴，走来抱住我的腿好久不放。我想，既然有了这么善解人意的你，就算不能领回家抚养也很满足。

一个月后的傍晚，突然有人喊约瑟的名字，打开门一看，原来是皮特。皮特简单寒暄了几句，说："Hi，Jo，我们知道你们非常喜欢 Doggy，因为现在珮塔在港岛找到全职工作了，每天都要出海。这样，我们想过 Doggy 一个人整天在家会很孤独，不如，让我们大家共同来抚养 Doggy。"在另外一个房间看书的我，听到皮特最后那句说："不如，让我们大家共同来抚养 Doggy。"哇噢！我高兴坏了，立刻举起双手开心地喊起来，皮特看到兴高采烈的我，张开双臂给了我一个热烈地拥抱，太好了，终于梦想成真。

由原来的偷偷摸摸去看你，萨琪，我变成了一个名正言顺的共同抚养人，做了你的第三个妈妈。这是上天最好的安排。以后的日子里，早上如果你的爸爸妈妈出去，你就会自动地跑来，如果你不在，我只要一喊"萨琪——"，远处就听到你脖子上挂的小铃铛和你快乐跑步的声响。

萨琪，每遇凶险，你总是奋力拼搏，视死不惧

萨琪，应该说你是一个非常有领导力，善于做指挥的小狗，你散发着一种权威的气场，周边总有很多小朋友来找你玩，有的比你大很多，但没有狗狗可以越位，都顺从地紧跟在你的身后，你很自律，只是玩一小会儿，又回到自己家门口，继续看家。我爱你，还有你的那种忠勇仗义和为朋友两肋插刀视死不惧的无畏

的精神，你喜欢岛上的一只偏中小型的黑狗，你们两个常在一起玩儿，有人告诉妈妈要小心，因为那是只流浪的小母狗。

一天，突然听到窗外鼎沸起来，狗狗狂吠不止，一浪高过一浪，暴土扬长。推开窗一看，天啊！隔壁原住民的两只灰、棕色的巨型大丹在疯狂地撕扯着你的朋友——那只流浪的黑色小母狗。这时的你早已躁动起来，不停撞门，其实你是有感应，我看到你的两只眼睛迸发出一种极度的焦虑和不安，刚开门，你一个箭步冲出去，飞奔进叫喊连成一片的尘土中……

Oh, my God! 萨琪，你难道不知道有多么危险吗？两只巨型大丹魁梧健硕的体魄，站起来足有两米三四高，他们联手把你的小黑狗女朋友压在地上，用力撕扯。而你，也不过是一个中小型犬，才10个月左右，你竟然毫无畏惧、奋不顾身地要去抢救你的小女朋友。为引开两只大丹的注意力，你腾空而起，左右周旋。你的出现让咬红眼的灰色大丹，放下口中你的小女朋友，掉头向你扑去，事态非常险恶，情急之下我抄起了一把雨伞也冲了过去。

这时候，几个外国朋友拿着棒球球杆、棍棒也赶来相助，在大家的齐心努力之下，才把那两只大丹打跑。看着你的小女朋友遍体鳞伤，血流一地，你心疼不已，赶忙跑过去舔她，像个懂事的小哥哥，满眼怜爱，尽力安抚着她。你的脸不知道是否被咬坏，沾满血迹，身上到处是斑斑鲜血，当我抱住你时，你的小女朋友跑得不见踪影。

爸爸约瑟把你抱回家的时候，我发现你虽然也出了血，其实只有一些划伤，没有什么太深的伤口。萨琪，就是那一幕，你知道妈妈有多感动啊！欺软怕硬、弱肉强食的动物世界，似乎是大自然生存的铁律。可你在朋友命悬一线危险的时候，居然能够挺身而出，用你那么幼小的生命去跟两倍之大的巨型大丹搏斗，生死不顾、视死不惧，让我对你的爱又增敬意。

萨琪，尔后，我们又搬到了另外的地方，比现在这个地方还要更高的山顶上，从地下小路到山顶新家要走108个台阶，是一座独栋楼，四野无人居住，后面是山、树林，以及满山连绵不断开放的各种野花，楼前的大平台可以看到一望无际的大海，大平台垂直又能看到由山下榕树到山上蜿蜒的乡间小路。

来到山顶新居，你差不多每天就守在这里了，虽说我和你的美国爸爸妈妈可以共同抚养你，但是我还是鼓励你，要你多回去看看珮塔妈妈、皮特爸爸和你的小姐姐。中间，你很听话回去过，但更多的时间是留在了妈妈我的身边。

从此，我们就由原来的共同抚养变成了共同生活。而后不久，皮特告诉我，他们又领养了另外一只小狗，因为他们觉得你的心已经不在他们那里了，更倾斜于我们，他们非常尊重你自己的选择。但有时候，尤其周末，我还会领着你去看看皮特和珮塔，还有你的小姐姐。

你与英国妈妈久别重逢，旁观的我潸然泪下

萨琪，你不仅敢为朋友两肋插刀，舍身救友，还重情重义，那次你与丽莎妈妈三年后重逢的画面，在我的脑海里挥之不去。

一个明丽的午后，到处弥漫着春季特有的温润清新的空气，阳光慵懒地洒在树枝上、花草中，留下斑驳的剪影，种下的菲律宾木瓜，花开中已经开始挂果；香水梨，青中泛黄缀满枝头，山坡满处都是粉红色娇艳欲滴的三叶梅。望着窗外美景，我在书桌前触景生情，似乎又陷进灵感的冥想中。

一贯安静的你一反常态，突然的兴奋异常，坐立不安，发出呜呜低鸣，令我莫名其妙，不知道发生什么事情了，你开始了不停地叫，而且一声高过一声，当时我不知道是什么诱因，让你一反常态，变得这样的激动不安。于是，我走到厨房，因为厨房的大窗可以直接看到山脚下，这时候，只见一个金发白人女士拿着一个口袋，由山底下小路一步步地往上走。

我瞬间有了奇特感应，脑海跳出一个名字Lisa，会不会是你的

第一个妈妈丽莎？其实我并没有见过丽莎，但我想，只有一位欧洲女士上来，没事先约定冒昧来访，又引得你如此亢奋，会不会就是你的丽莎妈妈呢？

我推开门，你嗖的一个箭步冲了出去，闪电般向着这条山路直接冲下去。我看见到那个女士激动地呼喊着你的名字，看到冲下来的你一下子跪在地上，紧紧地抱着你。你围着这个女士激动地跳着，发出幸福的咕咕声，吻遍这个女士的脸庞，那种久别重逢的喜悦难以形容。我跑了出来，站在那里为你们的重逢感动不已，相信她就是你的恩人丽萨妈妈，只见你摇着毛茸茸的大尾巴，高兴地领着你的丽莎妈妈往上走，走到我面前。

丽莎说："Hi，你大概就是 Doggy 现在的妈妈吧？"

我说："是，你是丽莎？"

她说："是的。"

这时，我看到眼前的丽莎头发蓬乱，泪流满面，是位典型的知识女性，她简单整理了头发说，今天刚从越南飞来，直接来到岛上就是要看你。丽莎妈妈说，和你分开三年多，一天都没有忘记你，正是因为对你挥之不去的思念，在越南也养了两只小狗，但是无论如何都无法替代你在她心中的位置，不能与你相提并论，听说你又有了新的家庭、新的妈妈，所以利用假期专程飞来香港看你。

当时，你欢喜得有些不知所措，抱着丽莎妈妈的腿蹭来蹭去不撒手。突然，你似乎又怕冷落了我，特别懂事地跑到我身边，也紧紧地抱着我，我摸着你的大头头……泪水悄然落下，萨琪，你那小小的年纪，心中如何装进如此之多丰满的爱。

丽莎和我聊了很多，最后丽莎说，她有个请求，介意不介意她带你到大海边散散步，毕竟太久没有见到你，晚上希望再和你一同共进晚餐。

我说，当然，这是一个很棒的想法，非常愿意。

丽莎接着说："我会搭最晚那班船离岛，到时候我给你电话，请你来接他。"

我觉得这个安排很好，转身回家给你们准备水，还有你的项圈与拉链，临时装了些土特产送给丽莎。懂事的你又跑来再次拥抱我，好像很不好意思离开。

我蹲下摸着你的头说："去吧，和丽莎妈妈好好玩，你不知道，她有多么想你，爱你呐……"

萨琪，当你和丽莎妈妈从山顶往下走的时候，你一步一回头，依依不舍的样子，让我非常的感动。很快，晚上最后一班船就到了，丽莎打来电话告诉我，可以下山来接你了。

等我到了山下榕树塱的时候，丽莎妈妈和你正在慢慢地向码头走去，于是我们三个人一同走向了停泊大船的码头。

我知道这一次丽莎的离去，不一定什么时候再回来，所以当她拥抱完我们走上大船时，我鼓励你再跟丽莎妈妈做一次告别。那个时候闸门已经关上了，可是因为闸门底下还有个空隙。你非常聪明，听到妈妈鼓励吸了一口气，从闸门底下和栏杆的空隙处，爬过去跑到丽莎面前，再一次拥抱了丽莎妈妈。

汽笛长鸣，大船启动了，你在那里和你的丽莎妈妈做了最后的告别之后，又深吸了一口气从大门栏杆的空隙里钻了回来，站在我的身边贴得紧紧的。然后我抱起你，挥手向你的英国妈妈丽莎做了长长告别，目送大船离我们远去，渐行渐远消失在夜晚的海面。

萨琪，你有多么地善解人意

萨琪，你可爱之处很多，尤其善解人意。记得有一次我们要离开香港去国外。不是一天，而是一个星期，想来想去，不知道让谁来照顾你？因为都走了，家里无人。于是，我们想到了岛上还有一个非常喜欢你的来自德国的叔叔凯恩（Ken），他是一位音乐家，在香港教音乐，非全职工作。

当我们和凯恩沟通后，他非常高兴，因为你是岛上最漂亮、最出众的小狗，每次你从山上下来，或者你在岛上散步的时候，看见你的游客经常尖叫，“哇，猴靓喔（好漂亮）！”要求拍照，大家都要摸你和你玩。凯恩曾提议：让我们考虑是否有必要收费问题，因为你出众的相貌和比相貌更重要的憨厚淳朴的性格，凯恩尤其喜欢，立刻同意把你送到他们家。

那天，我先跟你谈好，背上你的小狗粮，拿上你的食盆、项圈和狗链，还有你喜欢玩的玩具，送你去凯恩叔叔家。你知道吗，我能看出来你多么不情愿，不愿意离开自己的家。但是很无奈，你还是跟我走了，平常我是不给你戴狗链的，因为你非常自律，懂事听话，你每次都是自己先跑几步再跑回来看着妈妈，总怕妈妈有半点闪失，而且把妈妈关照得极其细致入微。

有次，我连续几天通宵达旦写文章没睡，清晨到山下买报纸回来，可能低血糖躺在沙发上晕了过去。等我醒来居然发现你用你的大头头，把我垂下去的手高举在头顶两耳中间，而你半蹲半坐，我不知道有多久了，非常感动，真要好好谢谢你，我的萨琪。

这次，之所以给你脖子带着牵链，是因为我们需要翻过一座山才能到达凯恩的家，走到一半儿时天空落起了霏霏细雨，你的步履变得愈加缓慢，好像走不动了，而我又要搭船出海赶飞机，所以，我觉得有必要跟你好好地商量商量，加快些速度。但是你越走越慢，于是我终于停下脚步说：

“萨琪，你看雨越下越大了，妈妈还要搭船出海赶飞机，去凯恩叔叔家是已经商量好的，你这样几乎不走，让我为难。凯恩叔叔还在那边等着我们呢，我们快些走吧。”

你想了想，还是没动，倔强的四只小脚丫像是嵌到了山上小路的水泥里，不可撼动。我等了一会儿，你还是不走，你的确不愿意去别人家，你好像分得很清楚，对于爱你的人，你可以尽兴地和他们玩一会儿，但是去别人家住，你是非常不情愿的。

我就说：“好吧，萨琪，如果你不肯走，那妈妈也不走，我们两个就在雨中淋着吧。”当时什么都没有带，我讲完后，你就看着我，两只眼睛泪汪汪的，满满是泪，虽然没有淌下。突然，你仰天长叹了一声，这是我第一次听你还会长叹啊！儿子，你终于迈出了那一步……

回家，把第25届国际电脑音乐节带回妈妈的家乡——北京

后来，约瑟爸爸当选第25届国际电脑音乐节ICMC主席，历史上至今尚未在发展中国家举行过，这个意义非比寻常，我们决定一定要把国际电脑音乐节带回中国，带回妈妈的故乡——中国北京举行，为筹集音乐节经费，我们把岛上自己的房子卖掉离开香港回北京。与此同时，也由衷地希望把你带走。

萨琪，可是你毕竟还有另外两个妈妈，爱你可以，但不能自私，带你回中国是妈妈单方的期盼，但自己还是不能擅自决定，一定要和你的美国英国妈妈们沟通。感谢上帝，丽莎妈妈非常支持，她觉得访问完香港看到你这么懂事，通情达理，被教养得这么好，相信我们去中国也一定会带好你。

你的皮特爸爸和珮塔妈妈也很支持，他们已经深切感受到你和我在一起发生了巨大的变化，身体变得非常壮硕，也愈发懂事有教养。现在他们自己有了小狗以后，也得到了安抚，非常支持你和妈妈回中国，但希望你不要忘记他们。他们准备了一张合影，是一张非常漂亮的照片，你和你的小姐姐都戴着圣诞帽，与你珮塔妈妈皮特爸爸的圣诞合影，这张照片我们把它带回了中国，但后来搬家搞丢了，让我心疼至今。

从香港飞到北京，大概三个小时，登机前，我们给你准备了一个很大的笼子，把你装进去，铺好了厚厚的毛巾，放置好了水，还有你喜欢吃的饼干、肉条。抵达北京后，妈妈下了飞机，一直在等着接你，正在我四处寻找时，突然听到了你“汪，汪，汪”的叫声，我立刻顺着声音跑过去。这时候，看到了你，乘坐运输带缓缓地升上来，哇噢，萨琪，见到你，妈妈有多么的激动和感动，因为一贯坚强快乐无忧无虑的你哭得泪流满面……

萨琪，后来我们去海关办手续，那个时候的规定，应该把你留在海关观察一个月，一个月无论如何都太长，我们不能再分离，因为这么长时间你从来没有离开过我。我相信，任何事情都会有转机，我告诉自己不能放弃。于是在工作人员的指点下，我们去了海关小动物出入境检疫的地方，跟他们好好地商量，据理力争。那些工作人员很有原则，但妈妈依旧心平气和与他们协商，拿出你的所有检查报告，这些报告是我们费尽周折，带你几次搭船出海，在港岛专业医院做的国际通用双语的身体检测报告。

妈妈请求能带你回家。

“按规定是不行的。” 海关工作人员无奈地回答。

“规定之下是否可以变通？况且我们还有国际通用检查报告。”我说，突然我把你抱起，举到窗口继续说：

“请您看看，他哭成了这样。他从来没有离开过我这么久，第一次来北京……”

“哇！真漂亮，太可爱啦！”于是，海关叔叔阿姨都围过来跟你拍照合影，他们说在海关还未见过黄耳朵、红鼻头，会哭，还流了这么多泪可爱的狗狗。

海关的叔叔阿姨们要妈妈带你去国内医院再做一次身体检查，过几天再来追访。妈妈全部无条件答应，最终他们准许你和妈妈回家。

当我就把你领出了机场，外边有很多等着接机的人看到你都非常高兴，跑过来看你，还有几位问卖不卖？多少钱？ No，no，no，决不卖！你是我们的孩子！

萨琪，你的一贯忠诚，每每念起……

萨琪，你感动妈妈的事情不胜枚举：夜以继日地看家护院，忠于自己的天职，若有擅自闯进者一定驱除。记得回到北京后，年年入冬前，院里的几十棵树木都要进行最后彻底清理，剪枝截叉，春夏秋积储下的树叶树枝都要打扫干净。那天，树木被修剪后，花园的大门打开，需要将花园中剪下的树枝杂草拉出去。当时你和大家一起忙碌着，你的职责是在院子里巡视，突然莫名其妙地闯进三只德国大黑背。

平时的你特别安静从不乱叫，一旦有人进入我们家，你吼声震耳，一定奋不顾身全力赶出。我还没有反应过来，你已经全速冲了上去，你认为这是你的领地，三只大黑背见状马上撒腿奔逃，而你依旧穷追不舍，冲出花园和他们打了起来。

很快，花园外立刻叫声混成一片，三只大黑背外加一只黄色土狗一同与你大战起来。这个时候的你，毫无惧色非常敏捷，跳上蹿下，左右开咬，矫健得如一道道白光，与三只大黑背和黄狗奋力拼搏，围观的人群大喊大叫：“打起来啦，打起来啦，洋狗打黑背啦！”因为小区的人们叫不好你的名字，都叫你老外家的洋狗。

当时，我穿着拖鞋，手上只拿着一把小剪刀，当妈妈突然看到你一个在跟四只大狗搏斗，以最快速度拿起身边扫把冲出去了，是你鼓舞了我，我要救你。当时周边已经围了十几个人，没有一个人帮忙，都站在边上呼喊叫好。

你被三只德国大黑背掀翻压在地上，一点儿都不软弱，躺在地上依旧顽强地反抗。一只黑背咬你的后腿，另外两只叼住你的头。妈妈不知道哪里来的勇气，穿着拖鞋，一脚踏在两只德国黑背的中间，扔掉扫把用自己双手摁住他们。可能是我们母子的共同发威吧，吓得德国黑背们松开咬住你头的大口跑了，你当时躺在地下，怕我手伤为我担心，又迅速地跳起来帮我，嘴里甩出湿淋淋的口水血水，浑身都是斑斑血迹……

等赶来的助手们把你抱回家里，你还在愤愤不平，目光如炬。我为你做了检查，两只耳朵被咬出血，毛细血管破裂并无大碍，只是右手小指的指甲被掀掉了，血哗哗地流，我先用酒精清理，再用云南白药帮你包扎好，而你的身体其他部位，除了后脚崴了一下，好像软组织挫伤，其他基本还好。

萨琪，经历那一场血性肉搏之后，你可能觉得自己没有完胜，变得情绪低落，有点抑郁，平常的你非常的快乐活泼，但那些天，你时常趴在妈妈给你买的黄色毛毯上睡觉和长吁短叹。为了安抚你，妈妈经常过来和你说话。有一天，我们做了很长时间的交流，我告诉你，不必太计较自己的胜负输赢，这不重要，重要的是你已经做到最好。你的忠勇、你的誓死不惧，特别感动妈妈。你望着我似乎听懂了我的话，很快便恢复如前。

你是公关的小王子

萨琪，你有种擅于公关的特别天赋，是最棒的专才。家里经常会有艺术家来做客，而你是最受喜爱的公关小王子，关照每一位来访朋友，大家都非常爱你。

那年在香港，美国现代舞蹈团表演了一出轰动香港的现代舞《金瓶梅》，该剧的编导叫Mona曾，是我们的好朋友，我受邀去看了这场演出以后，觉得Mona创意非常，开放尺度相当大，那些欧美艺术家在中国名著《金瓶梅》里进行二度创作后，进入角色，表达得淋漓尽致。 Mona在纽约因为爸爸的音乐剧《悲哀之后》合作过，成为非常好的朋友，来到香港演出，我们自然要邀请大家来岛上参加聚会。

萨琪，当美国《金瓶梅》舞剧的主演们来到家里的时候，你简直就是一个起伏不断的高潮，给大家表演你自创的保留节目，咬住尾巴转圈：用嘴咬住大尾巴向一个方向快速旋转，如同一个洁白的大雪球，大雪球中的黄耳朵像个小球把，停顿后再朝相反方向飞转，每次引来阵阵掌声，淹没了大家的欢声笑语，来访的朋友瞬间兴奋起来。我说："我们的儿子非常喜欢艺术家，同时也小有艺术天赋"。你不同凡响的这个节目受到大家的尤其喜欢。

《金瓶梅》的主角是一个白金发高挑，短腰长腿，非常漂亮的丹麦女孩，不知道为什么，你特别喜欢她，而她也一下就认出了你，惊呼："这是我们北欧一种特别的熊狗，太可爱了，但是它怎么长成黄耳朵、粉鼻头，这是非常少见的……" 那时候妈妈才知道，原来，我的儿子你的血脉中还有北欧基因。

世界吉他大师John Williams（约翰·威廉姆斯，约瑟英国皇家音乐学院的导师）来香港演出非常轰动，我亲临演出现场，大师吉他精湛的技巧，绝美的音色，每首曲目演出完乐迷都会报以雷鸣般掌声，返场不断。约翰·威廉姆斯被誉为世界吉他之王，粉丝遍布全球，太多人是听着他的吉他唱片长大的。而今天约翰·威廉姆斯从神坛走下来，来到香港演出，令崇拜他的乐迷激动万分，媒体以最大版面进行报道。

喜欢安静低调的约翰·威廉姆斯和爸爸约瑟商量，非常想找个山清水秀、安静的地方放松身心，在大自然里散散步，不想接受媒体无休止的采访。于是决定来家做客，非常有意思的是，当我们邀请约翰·威廉姆斯下山喝茶品尝岛上海鲜时，刚刚落座，从港岛归来的大船靠岸，下来很多游客，很多人迅速地认出约翰·威廉姆斯，都过来，握手、致意、签名、合影，原本想寻找世外桃源的约翰·威廉姆斯在我们岛上又火了一把。散步的时候约翰·威廉姆斯一定要带上你，因为你，令他十分欢乐与放松。

萨琪，你非常机警，反应迅速，择优汰劣，可能你生活在艺术的氛围里，对那些单纯善良的艺术家，尤其热情以待，经常站起来拥抱他们，有时拥抱太过热烈，常常刮坏女性客人的丝袜，起初妈妈并未留意，后来认识到问题严重，家里总要备有几种颜色丝袜，一见刮坏他人丝袜，妈妈除要致以歉意还要立即奉上丝袜。但是面对陌生人你却十分的警惕，你总是紧紧跟住，不离左右，有时还要发出敏感低鸣的警讯。

记得那天很晚，一位熟友带来几位客人，大多不认识。其中一位据说是中国著名导演，隆起的肚子，至肩灰发，蓄大胡子，按照一般社交礼仪，初次见面简单介绍后，先要落座。但不知道为什么，那位导演听完介绍后，突然站起来，走到妈妈面前拉住我的手紧紧握住，发表他的感想，感想表达完还没松开我的手，顿时令我很尴尬。急欲抽回被导演紧握的双手，此时，你已经不耐烦，在妈妈的脚下发出低鸣的不满，突然蹿上去咬了那导演一口。

“哇，哇——！疼死我了！！”导演即刻松开了手，摔倒在椅子上。

爸爸急忙说："Sorry, sorry，需不需要看医生，请问咬到您哪里了？"

导演不语，看到导演手捂的位置，才知道原来你咬的是男性最深入的危险地带……

不久，你又犯了错误，这次咬了一位无辜的搬运工。因为搬运工是来送电视的，超大箱子被扛了进来，你很欢迎，摇着尾巴在前面带路。但当他又拿着装电视的空箱子出门时，你一下子就扑了上去，搬运工大叫一声。我们要做的是马上带搬运工去医院，打了破伤风防狂犬疫苗……为这事，妈妈狠狠地教训了你。

你会吃鱼呐，而且吃得相当精致，还很有仪式感

萨琪，某种意义上，你还是一位懂得节俭不浪费的小绅士。自从你来到我们家以后，妈妈就不让你光吃奶酪、面包，以中餐为主一天两餐，中午一大餐，晚上一小餐。每次午餐都要给你准备一套正规的"餐具"：一个很漂亮的盘子和餐盘下铺的一个小垫子，怕你掉到地上食物再吃时不卫生，其实是妈妈多虑，你每次吃饭，都很有绅士风度，不能直呼让你吃饭，更不能催促，要先赞美这些食物多么美味，然后放下餐盘，等你来享用，你先从外面往里吃，而且细嚼慢咽，缓缓地吃，最后盘子被舔得干干净净，从不浪费食物，

因为这是不允许的。妈妈去过非洲穷苦的地方，无论水与食物都不得浪费，阿姨开玩笑说你太懂事，吃完的饭盘子都不用洗，节约用水了。

萨琪，你知道吗？你还非常厉害能吃鱼，这是非同寻常的。你可以把一条鱼吃得骨头和鱼刺整整齐齐地摆好在盘子里，那么细的鱼刺，你居然能吐得清清楚楚，从未被鱼刺卡住过，这被很多朋友都见证过，大家都知道狗吃肉，吃骨头，但能把一条鱼吃得如此精致，你大概是大家知道的唯一。

萨琪，你的确很有风度，很有仪式感。日本花道协会会长Yuko Gordon女士为祝贺爸爸独奏音乐会成功，送来一个硕大的非常漂亮的花束，当时妈妈发现你吃饭的盘子垫在花束下很完美，于是就用了。等到你午餐的时候，换了另外的一个盘子喂你。你当时说什么都不吃，妈妈不明白为什么你会这样。结果，你咬着妈妈的裤脚来到那束大花的旁边，妈妈顿时明白，原来你是想要用你自己的盘子。

16年，光阴之梭把你和妈妈紧紧地穿织在一起，相伴朝夕

萨琪，你跟妈妈生活的16年里，妈妈感受到了你无尽的付出和爱。爸爸约瑟由于当选第25届国际电脑音乐节主席，我们决定

把国际电脑音乐节带回到中国。因为经费的困扰，我们卖掉了自己的房子，但作为一个国际性的音乐盛会，所有的费用开支极其大，为了节省经费，做好这届令人瞩目的国际电脑音乐节，我们的发布会从未在酒店举行，所有新闻发布会以及电脑音乐的视听会，都在我们自己的家里举行。

爸爸因为在外国长大，不会中文，刚来中国虽会一点儿但有限，不但需要我来翻译，写稿，讲演，还要接待媒体和各国各界朋友，帮他们安排所有的事项，以及打印、装订、采买、购物、备菜、烹饪、刷盘洗碗、拖地搞卫生等等，每日睡眠不足3个小时。你看到每日如此紧张的妈妈，非常乖，听话，尽自己所能帮助妈妈，迎来送往招待大家。每次新闻发布会散了以后，那些留下的刀叉、筷子、盘盏高高的像小山摞成几大摞，都是我和阿姨一同来洗。夜半更漏、万籁俱寂时，厨房依旧灯火通明我们还在洗刷。那段时间，我刷了一生中最多的盘子。而你从不自己先睡，我反复催促你先睡，你依旧不走，一直寸步不离地陪着我，守护着我……

萨琪，你还记得我们的老管家叔叔吗？无论盛夏酷暑还是冰寒隆冬，新闻发布结束时，因为我们住在城外，根本没有出租车，所以到场的记者都是由管家叔叔一批批地开车送到城里再返回，多时要送五六批人。有一次，天上下起鹅毛大雪，漫天雪花翻飞，院子树木银装素裹，我一直未眠。因为都深夜3点了，叔叔还没有回来，我看过几次，不见人车归来。在我不尽的等待中，突然，车灯亮起，花园门被打开，叔叔终于风雪夜归来。意外的是，妈妈竟然在车灯的光束里看见了你，你静静地坐在大雪中等着叔叔回家，看到车子开进来，你欢快地跑向叔叔，跳着，叫着，摇着毛茸茸的大尾巴，而我的泪悄然落下。

我们举办了几十次新闻发布会、电脑音乐视听，你一次次地陪着，是一个非常棒的公关小王子。你的可爱热情，迎来送往，只要院子大门一开，你就首先跑了出去，让大家看到的第一个就是快乐的你。而你又是那么样的友善，为大家表演你非常擅长的Turn the Circle（转圈）。这个节目，常常引来不断的欢呼，很多人都非常喜欢。

第25届国际电脑音乐节，第一次在中国举行，改写了历史，我们在没有赞助支持的情况下用自己的资金成功举办了163场论坛，13场音乐舞蹈晚会。我觉得，萨琪你功不可没，做出了不可磨灭的贡献。

萨琪，后来我们又买下了那片废弃的锅炉房和垃圾场，亲自设计改造，把它变成了艺术的殿堂。每天清晨，我们从家里走向那片废墟垃圾场时，你都跑在最前边摇着毛茸茸的大尾巴。而每次夜归，无论多晚你都陪同妈妈，不离左右，我也有疲惫不堪时，但一看到你，雄赳赳、气昂昂，精神抖擞的样子，就信心十足。

是你，鼓舞了我，困乏荡然无存，不是一次而是很多次。谢谢你，萨琪。

艺术家追求完美，有时，因为要核对一个尺寸或者实验一个创意，我们甚至半夜三更起来到工地去，月光下实证自己的创意。可是你呢，虽然早已进入梦乡，只要听见响动，便会一跃而起，马上跟随妈妈，左右不离像个贴身小保镖，前后奔跑护卫着妈妈。我在垃圾场捡垃圾的时候，你从来没离开过我，自己也去玩，但只玩一会儿就跑回来，有时候还用小手小脚帮我一起刨垃圾。

萨琪，北欧艺术空间落成后，你跟随着爸爸妈妈接待了很多来自世界各地的朋友们。每次我们举办活动，在开始演出之前，你自己先走到舞台中央为大家表演你拿手的Turn the Circle，所有的节目没开始之前，你就是高潮。萨琪，你是那样的活泼可爱，你是那样的让妈妈无法忘怀。所以在别人看来，不可置信的现实，我们终将梦想成真，在这片废墟上，终于建成了世界上最美丽的家，北欧艺术空间变成了一座艺术殿堂，而你，就是这座艺术殿堂里最棒的艺术品，哪里都有你的付出。是的，妈妈无论怎样赞美你，你都当之无愧。谢谢你，萨琪。

萨琪，你洋溢着生命的活力，精力充沛从不知道疲倦。 我常常想，你是从哪里得到的这么多能量，你的这种饱满的能量，鼓舞了我，妈妈一直在悄悄地向你学习呐。

萨琪，你病了吗？怎么会？！

而今的事实很残酷，让我明白，现在的你与以前的你有了明显的变化。最早你视力开始下降，你在找我的时候有些吃力，视觉散乱不能集中，似乎不再用眼睛找，你或许已经看不到我或者看的不清楚，而是通过小鼻头的努力抽动，凭着依旧敏锐的嗅觉在找我，找到后你依旧如文章开始的那样，紧紧地抱住我，这就是你，我的萨琪。起初我不想也不愿意相信衰老竟会如此迅速到来，我想了很久，我想，我是否应该接受这一现实，我能为你做的就是用我的爱，铺天盖地的暖爱，紧紧地包裹住你，我的萨琪。

萨琪，今天我们什么都不做，好吗，去医院吧。

尽管，我知道医院是你最不愿意不想去的地方，你健康得从未去过医院，可我必须接受这样一个事实，你病了。

你很懂事，你的所有努力都试图告诉我，你还好！比如还可以玩，但玩不了一会儿，就会步履踉跄倒下来；比如还可以对朋友表示出你依旧的热情友善，摇摇尾巴，但摇不了几下就会力不从心地躺倒；比如还依旧对我所做的一切表示，你在意地深深望着我，但目光迷蒙，看不了一会儿，你就会缓缓地闭上眼睛，枕着小毛毯，进入长久的酣睡中……

这样的深度嗜睡，常让我守望良久，甚至耳畔的轻轻呼唤，都不能让你从睡梦中醒来。望着你，我的心阵阵发痛，我问我自己，难道这会是那个精力充沛得彻夜不眠，看护我们十四载，永不疲倦的萨琪吗？这与一个月前还活泼乱跳的你竟是天壤之别，生命怎能如此脆弱？

我们选择Charles叔叔介绍的几间动物医院中的这一间博诚医院。选它，是因为距家最近，近，是我们双方期待的。所有的医院，都会令你过度疲惫难受，那样我心更痛。

博诚医院医生的专业水平令人遗憾，或许我敏感，从医生的眼睛里我感受不到对你和其他小朋友们的爱，检查敷衍，拍X片失败。失败是因为X光室狭小无法安放你、我、医生，而医生要你做的动作，难度之大令人吃惊，有点像教堂里祷告的跪姿，我想拒绝，但又觉得或许拍张片子能对诊断你的病有帮助，因为，我们都不知道你到底怎么了，萨琪！

为了那个高难动作我用尽方法说服你，希望你能理解，平时只要我说话你会立刻坐下来，认真聆听，我们常常在倾听与倾吐中度过很多美好时光。但这次你完全不配合，只要你看到那间狭小的黑房子，转身就走。我竭尽全力把你弄回来，抱起你，你却用力再挣脱，就这样我们在医院里反反复复，我一次次地抱起，你又一次次地挣脱，我筋疲力尽只好取消。

医生为了尽快结束，提出先给你打7天封闭，加止疼针，另外再拿一些西药。被我拒绝，因为在没有任何医学证据显示出你到底得了什么病，怎么可以武断地打针吃药。最终我们决定做生化检查，验肝验肾外加抽血检验，等待结果出来，再来确认治疗方案。抽血很不顺利，医生拿出那个白色绑带，要先捆住着你的鼻子与嘴，但被我拒绝。

萨琪，你是那么勇敢坚强

我拒绝是有理由的。住在香港时，为了确认流浪狗与私家养狗区别，香港渔农处要求家长带着私家狗去注射一种芯片，倘若私家狗遗失，可通过芯片检索查找主人，芯片里有爸爸妈妈的基本信息。那天到达渔农处，职员们习惯地拿出宽皮带、嘴套，要把你推进两个钢架中，那钢架宽度仅仅可以容下你的身体。

我问为什么，渔农处职员说这针头好粗，是在颈部注射芯片的，特别疼，所有狗都要捆绑起来，固定不动后才能注射芯片。我说：不，不用，让我来和我的狗狗谈谈。因为妈妈非常相信你是一个了不起的孩子，一个绅士般男子汉，你懂很多不言而喻的道理。听完妈妈的话好像明白，抬头看着我，四肢稳稳地站在地上，头自动埋在我的腿上，让我开始。起初所有人都不相信，惊讶地睁大眼睛看着我们，而妈妈最懂你，我说："请开始吧，我们准备好了。"当医生用粗粗针头，在你的颈部打进那个长长的芯片时，你坚强地一动不动，像个小英雄，倒是看在眼里的妈妈我双手出汗，心疼不已。

现在，抽血的医生已经换了三个针头扎进去，都找不到你的血管，你已经很累了，但你怕妈妈担心用力坚持着。或许你看到我流出的满头大汗，所以更加配合医生，紧紧地闭着嘴，坚持抽完医生要的血。

萨琪，你病了，一夜啊！不断地咳嗽，呼吸道像是有个风箱嘶嘶作响……

早晨，我找到了那个你喜欢的姜医生，告诉了你的病情。他的回答令我震惊，他告诉妈妈："一个朋友的从日本带回来的狗，同样 14 岁也是呼吸道感染，仅仅两天就走了……"

上帝，两天48小时，我的泪水喷涌而出，一股冷流直逼心底，恐惧瞬间击遍全身，两只手不知所措，头上沁出细细汗珠，在自己书房里转来转去。萨琪，妈妈一贯淡定，从来没有这样失态过，你一定不会想象出，两天48小时对妈妈来说有多么可怕！妈妈的一生风雨无数，很难再有卷起的波澜吓倒妈妈的。但今天姜医生的话如五雷轰顶，大出意外，妈妈稍微镇定一下决定：我们去医院。这次是姜医生介绍的一家由农业大学办的附属医院，上帝帮我，快，快啊，希望那里医生的爱心与医术能够帮到我们。

萨琪，妈妈真要谢谢你。你有多么多么懂事，你或许已经看出我的慌乱，表现得那样安详，非常乖，柔软地让爸爸抱你上车，然后站在座位上，向前来送你的叔叔阿姨告别，依旧很绅士。你尽量掩盖着你的痛苦，尽量睁开疲惫的大眼睛，尽量做出你能迷倒妈妈的那种微笑，两只手努力的撑在车的座位上，有力地控制自己不再咳嗽，只把头轻轻地靠在我的身上。仅仅如此，你知道，我有多么感动，即使到了生命最困难的时候，你还在努力地安抚妈妈，妈妈14年的爱啊，只此瞬间，足以安慰……

挂过号后，妈妈恳请护士小姐，务必找一位经验丰富具有爱心的医生，因为午餐时间，医生的诊室空荡荡的，我们只有等待。萨琪，妈妈有了机会好好看看你，这时的你很累了，但依旧对医院里充满好奇，东瞧瞧、西望望，但都走不了多远，就会回到我的身边，依旧把头靠在我的腿上。我可以听到你喉咙发出的“嘶，嘶……”喘气声，你的雪白略带香槟色毛发依旧茂密蓬松，在阳光的照耀下闪闪发光，只是那条毛茸茸的大尾巴，不再高高卷起，而是无力地低垂在两腿之间。

萨琪，你知道，很多人告诉妈妈，你老了，我不相信你会老，他们总为你已经14岁年龄惊愕不已。怎么会老，不不，完全没有，你只是长大了许多，从那个四只粉粉嫩嫩的小手小脚踩在地上那天起，变成强壮健硕的Man（男子汉）；从那个淘气顽皮的小毛熊狗狗变成勇于承担起风险，左右不离妈妈的Man。Man，对，就是那个优雅、有教养、不失绅士风度的Man。

终于盼来权威医生，他给出的诊断结果，令我彻底失望：他们认为以现在年龄，不用看了，想吃什么就给你做些什么，因为最多挺不过3个月，甚至都没有给你开出处方药。

我不相信，你的生命就此戛然而止，妈妈要竭尽全力救你

归来的路上，妈妈想了很多，萨琪，我绝不会放弃你，要让你有品质有尊严地活下来，相信命运有知，绝不会让我们母子就此分离。接下来的所有苦痛，不是你独担，妈妈将与你风雨同舟，相依为伴。于是妈妈自己查资料，请教各界医生朋友大家一起努力，先消炎，补充钙和维生素，晒太阳，给你做按摩，注重食疗，煲汤给你，妈妈香港生活多年懂煲汤，药食同源，而且，你喜欢饮汤。总之，不能等闲视之，要行动。

3个月后，你不但没走，又恢复了生命的活力，没想到非专业医生外行的我们救活了我的萨琪，居然请死神让步。我们决定为你庆生，希望你再多活几年。那天来了很多牵挂、关爱你的朋友们，大家为你祈福，点亮蜡烛送了很多鲜花，最可爱的是法国阿姨送的一大束鲜花里别有创意地藏进16只香槟色可爱的小熊狗。那天，开场第一个节目就是你自己表演的转圈，你开心地跳来跳去，快乐无比，站在旁边看你表演的妈妈由衷替你高兴，生命如此鲜活，真好！

3个月没有走，顽强的萨琪，你又坚持了两年零六个月，尤其最后半年的坚持是在拼尽全力地维持。你基本不再下楼，大大的、明亮的、炯炯有神的眼睛逐渐地找不到光亮，脚下的路也变得模糊不清。

萨琪，其实妈妈知道你老了，只是不愿意甚至无法接受这样残酷的事实。你真的老了，我知道你在勉为其难，我知道你已脚踏岁月的最后断崖。从别墅的门到楼底下的花园中间，6层台阶，以前你可以一跃而起，常常迎来大家的赞美的欢呼与热烈的掌声。而今你望而却步，你根本无法挪动了。

你的眼睛闭上以至于最后不再张开，走路都是摸索着前行没有方向，后来基本不再行路，趴在毛毯上不动，只是大小便还能坚强地撑起身体，自己到门口外解决，从不给他人徒增半点麻烦，吃饭因为视力减退吞咽困难，吃不到嘴里，是妈妈阿姨捧在手里，一口一口喂你的。你的牙齿也不行了，饭都要磨碎喂给你。虽然这般艰难，可能是妈妈太过舍不得你，心里仍然不愿意你离开我，仍然不愿意接受这种生离死别的事实。而你呢，更加理解妈妈，用你的全部，坚持到最后的坚持。

萨琪，你要走吗？我的不舍只会徒增你的痛苦与煎熬，那好，让我送你有尊严地离开

但那天的到来，非常非常震惊。我们打完网球回来，下午5点多钟，推开里院的大门，眼前一幕吓我一跳。天哪，萨琪，你是如何从这6层台阶上下来的？！那6层台阶对你如飞度天堑般困难，无法跨越。可眼前的你，不但走下来了，还安静地卧在玫瑰树的底下。我立刻跑过去跌坐在你身旁，看见闭着眼睛的你，蜷缩在玫瑰花树下。我惊讶得瞠目结舌，萨琪，你是怎样一步一步走下来的呵！阿姨们也跑来了，个个目瞪口呆，她们说一整天你都在趴在房子里，根本没有看到你离开房间，这简直是不可置信！怎么可能走出来，走下楼梯，还能走到院子里玫瑰花树下？半年以来你基本足不出户，太不可思议了。

蓦然间我发现，你的身上挤满了如黄豆大小的绿色的苍蝇，我们的家是干净的，平日苍蝇极少，更从未见过这么多绿色的苍蝇，我立刻轰赶，但那些苍蝇走了又来。望着你浑身挤满的绿色苍蝇，我吃惊地坐在你身旁，一下子明白了，或许你身体在这最后岁月里，发出一种特别体味吸引了他们，你是多么爱干净，一直以来都非常干净。但是现在你身体的异味招致了如此多的苍蝇，我突然感悟到，你要走了，你已经走到了生命的终极，难以为继……

那天晚上，我和爸爸，还有爱你的叔叔、阿姨们商量了很久，深思熟虑后我觉得，自己太过自私了，因为留恋你，没有关照你一直以来的痛苦，你已经再没有力气坚持下去了，这样的坚持本身已经失去生命的质地，决定的结果虽然很残酷，但还是理性的，我们决定陪你到最后，亲自送你走，为你做安乐送。一位哲人说过，人生无非两件事：生与死。我觉得死，其实某种意义上抑或是重生，所以恳请看过这篇文章的读者能理解，允许我将安乐“死”改为安乐“送”。

我们挑选了一个最好的医院和医生，当说到你的年龄的时候，医生都觉得应该值得宽慰了。于是，妈妈为了这场最后送别做了很多的准备。我不想让你远离我，虽然阴阳两隔，妈妈还是想日日看到你。于是我们选择了花园里那棵非常茂盛健壮的圣诞大树下，为你划了块墓地。虽然毫无疑问你会走向天堂，但是还需要一个舒适的安放你的地方。我们挖了一个坑，妈妈担心那些挖出的土太阴冷，所以把土翻了出来进行了晾晒，让阳光渗进土壤中，等你离开妈妈怀抱进入另一个世界，依旧暖爱相拥。

萨琪，明天就要阴阳两隔，彻夜不眠，泪满襟怀呵！

萨琪，你临行前的整晚整夜，妈妈都没睡，泪洒襟怀。清晨，早早地，在旭日升起的时候我们把你抬出来，妈妈用温水和雪白的干毛巾一遍又一遍地擦拭了你的全身。你的眼睛根本睁不开了，妈妈用棉签为你清理了眼边的眼屎，然后端出来给你做的丰盛柔软的饭，又喂了你整整一包的肉干，你的牙原本都不行了，今天是今年以来第一次尝试喂肉干。妈妈用小剪刀剪得细碎再喂到你的嘴里，你吃得那么慢那样香，好像珍惜无比地要留住这生前美味，整整吃了一包……

跟医生约好的时间是中午，我想在正午的阳光里暖暖地送你走，妈妈希望天堂的路也是阳光普照的，不让你感受半点寒凉。当爸爸和叔叔们最后把你抱走的时候，我知道，至此，就是阴阳两隔，我的你一去不复返。泪水夺眶而出，心中瞬间空荡荡，大脑一片白茫茫，在家等待的时候是如此煎熬。一阵过后，突然，爸爸来电话说，现在就要打针，不知道为什么萨琪自己居然坐起来，而且张开了眼睛，许久都没张开的那双眼睛大大的，炯炯有神，左右环顾四处寻找，好像在找妈妈。

“哦，萨琪，我的孩子！”这时的我泪如雨下，而且一泻千里，长流不止……

萨琪，等你再次回家的时候，妈妈接过温暖的你，紧紧地抱在怀里，紧紧地，虽然你的自然生命已经离去，这么久，你留给我的体温竟然温暖如初。大家都不相信，觉得安乐走后，身体早应该僵硬了，为什么这么久你还这么柔软。

妈妈亲手把你用白色的毛巾一层层地小心翼翼包好，像包裹一个刚刚降临到这个世界的新生Baby，缓缓送你睡在那个温暖的你喜欢的黄毛毯上，在你的身上撒满了花瓣，轻轻地掩埋了你，掩埋了一个朝夕相伴我16年的，不是人类，却胜过人类的亲人——萨琪……

萨琪，你的生命里所有的能量，诠释着普世的美好：善良、忠心、忠义、忠厚、忠诚，英勇无畏，视死不惧，不离不弃永相随，你所有的优秀品质，都深刻地留在了我的脑海中，谁说，往事如烟，不，岁月虽远，回忆愈加美满。

萨琪，我的孩子，想你时，打开门，漫山遍野都是孩子

萨琪，我的孩子，妈妈这一生虽然没有自己的孩子，但打开门，漫山遍野都是孩子，而你是最难忘的。虽然你离开我今年已经11年了，但我从未忘记过你，你是妈妈此生的最爱。大自然赋予一个不同凡响的生命，尽管短暂，但短暂变成了永恒。

深深地爱你，萨琪，我的孩子。

梦绕纽约
——漫话 La MaMa 的艺术家

La MaMa——世界艺术家的摇篮

关于美国的流言蜚语不少。

住在奥地利时朋友说：美国人粗糙，除了汉堡包、炸薯条、吃烤肉肠、喝可口可乐，外表更是一塌糊涂，拖着凉鞋，穿着印了袋鼠的大背心，翻着旅游手册在维也纳街上直眉瞪眼地到处跑，见人就打听在哪儿能看见袋鼠！

这对于文明优雅、具有仪式感的世界音乐之都的维也纳人来说不啻扇耳光！

Austria and Australia（奥地利与澳大利亚）差着十万八千里，中间最少还隔着印度洋呢……怎能如此无知，所以说到这时，朋友们非常遗憾地将双手摊开，仰天长叹发出痛心疾首的“嗷，嗷嗷”叫声。

听归听，没去过美国也只算道听途说。

因约瑟的新作品音乐剧《悲哀之后》（*After Sorrow*）将在纽约公演。这是一部倒叙亚洲移民与美国文化融合的历史音乐剧，计划首演16场，主办机构邀请约瑟去纽约5—6个星期。约瑟走时一定要我去，因当时诸事繁杂未能脱身，现在突然萌动纽约走一回的想法，看看朋友眼里自己从未去过的美国，世界都市纽约，主意打定，买票，登机，独身上路飞美国。

《悲哀之后》是在纽约曼哈顿区，介于第二大道与第三大道之间的第四街La MaMa Experimental Theatre Club（以下简称La MaMa）演出。

La MaMa 由酷爱艺术的黑人女士Ellen Stewart于20世纪60年代初亲手创办，据说Ellen Stewart女士因为有个天才弟弟酷爱表演，姐姐用自己打工钱支持弟弟的表演，后来Ellen Stewart女士寻到了La MaMa，除了支持自己的弟弟外，还帮助了更多怀有梦想的、来自世界各地的艺术家。

La MaMa是由一大两小舞台组成的剧场。La MaMa在千千万万艺术家的心目中是盏永不熄灭的长明灯，温暖而又亮丽。

La MaMa 之所以得此宠爱是因为——

La MaMa的国际化。不管你从哪里来，出身背景高下，富弱贫强。很多年前，当人们还不曾留意那些贫穷落后在地图上难以辨认出来的弱小国家时，La MaMa最早伸出她的热情双手，将那些怀有梦想的艺术家们接到La MaMa进行国际间文化交流。像东西非的土著人、亚洲小国老挝、地球北端的乌兰乌德、大洋洲上岛屿诸国……不胜枚举。

La MaMa表达的平等意识。不管你是谁，是否有名气，名气多大，高耸入云还是匍匐在地，来到La MaMa一律是平等的。艺术家与艺术创作获得的尊敬是由衷的，没有虚伪，谁也不能在艺术面前造次，端拿。

La MaMa犹如中国古典小说中劫富济贫、慷慨解囊、侠肠义胆的绿林好汉，提供给那些依旧在苦寻突破、前卫先锋、标新立异的艺术家们圆梦的舞台。

La MaMa 提携成就了很多当年名不见经传，但满怀对艺术锲而不舍、苦苦追求的青年人。他们是从La MaMa走向世界大舞台的，甚至站在奥斯卡颁奖台成为当今璀璨耀眼的闪闪巨星，如：风靡全球的电影《教父》中新、老教父的扮演者罗伯特·德尼罗和阿尔·帕西诺；名剧作家兰福德·威尔逊、山姆·夏普德，还有狂卷世界票房电影《七宗罪》男主角布拉德·皮特……

1997年是La MaMa成立35周年，美国杂志《时代周刊》专此写文纪念。

La MaMa毫不注重外表，整座楼被漫不经心地涂成深浅不一的红色，犹如一位不善修饰的半老徐娘立在街边，白天你从她身边走过绝不会多看一眼，到了傍晚六七点钟情况大变，被冷落了一天的La MaMa，顿时不可阻挡地火红起来，犹如风情万种的王妃，人们从四面八方向她涌来，争着往她怀里钻。群体里最多的当属年轻人，尤其是拥有艺术梦想的年轻人。

La MaMa敞开的黑色的大门，像一本摊开的好书，诱惑着人们向她腹地挺进，里面一大两小的剧场天天有戏。来自世界各地的艺术家们连绵不断地演出着各类音乐剧、舞剧、话剧、实验剧、音乐会，甚至日本的柔道也在这里摔过，夜生活是La MaMa最有魅力、独具光彩的时刻，La MaMa出世就是夜晚宠儿。

纽约的人几乎没有人不知道La MaMa的，尤其演艺界。

La MaMa不仅提供创作实践的舞台，还提供免费住宿甚至面包，为那些来自五大洲四大洋不同种族、不同信仰、不同文化、不同语言、不同肤色的艺术家们。我到的时候已经住进二十几位作曲家、演奏家、舞蹈家、编剧、导演、影视演员，国籍东西南北哪儿都有：越南、冰岛、美国、日本、土耳其、意大利、以色列、乌兰乌德、哥伦比亚等。

La MaMa艺术家很多是混血儿：苏格兰与意大利、越南与美国、英国与日本，还有ABC（American Born Chinese，生在美国，长在美国，外黄里白俗称“香蕉人”，一般讲中文夹生，完全不会说或只能三言两语，说不了几个回合便翻身落马改成英文，英文比中文流利地道的这种人，俗称ABC）。最初听到ABC还以为是退烧止痛片，有点困惑。

在La MaMa大家和平共处住在一起，像“小联合国”。“小联合国”的地盘不大只限于楼顶。推开铁木双层门，右边是墙，墙上挂了不少素描水粉画，大多作品是离开的艺术家们的涂鸦，如果喜欢可以带走。同时捎带安了个共用投币电话机，左面是大客厅，客厅里留下了很多故事，摆放的褪色的老照片帮你回忆从前。

再向前走几步，左面是十几平方米的厨房，厨房可是La MaMa的“白宫”。真白宫是政治家们拳打脚踢，削尖脑袋往里挤，头破血流，威仪天下的国殿。La MaMa的“白宫”是辆毫无遮挡的大篷车谁都可以坐，有朋自远方来不亦乐乎，亲切随便。

厨房又是艺术家的“老码头”，码头上歇息着一群漂洋过海而来的“水手”们。

厨房后面有间小客厅，客厅后面暗藏着间大房子，那里住着我们，还有吉他乐谱与书，内容显得有些单薄。

其他艺术家更上半层楼，雄居厨房对面的甬道里。上几层台阶后便是弯弯曲曲的甬道，甬道两旁巧妙地分割出若干间房子给艺术家们住。

甬道底下就是La MaMa的最大剧场，甬道就盘在剧场的顶棚，顶棚被精致地镂出两个雕花大洞，演出时为使观众专注从演而终，不走神往台上看，一定要用毛毯将两个大洞仔细捂严，以防上面行走的响动惊扰楼底下全情投入演出的艺术家和观众。所以每次演出开始，La MaMa的艺术家都自觉屏住呼吸，基本静言，走路都是踮脚走。

走到甬道尽头，就是La MaMa艺术家光临率最高的洗脸间，中意它，是因为只此一间，别无分店。总之，甬道黑蒙蒙、弯弯曲曲，弄不好会迷失在里面。

我就是在第二天清晨，寻找洗脸间时迷失了自己，看见弯就深入，三转两转差点钻进别人的家里。见到大门紧闭以为有人洗漱，不想打扰，神闲气定地坐等好一阵，直到里面传来蒙文的悠扬长调，才知道走错了，等的不是洗脸间而是人家，赶紧掉转回头另辟蹊径。

La MaMa是集体所有制，厨房，洗脸间都要共用，但和睦和谐，快乐无比。

清晨起床，煮咖啡，泡茶，煎蛋，烤面包香溢满楼，躺在床上直抽鼻子浮想联翩；夜晚归来，操刀挥铲，烹煮煎炒，时常共产共餐；饭后茶余天南地北，各国轶事，神聊乱侃，艺术家们的天才表演让每个夜晚欢声笑语不断。

来纽约的人都有梦，更何况La MaMa的艺术家们呢？

以色列“明星”的美国梦

来自以色列的“明星”Michal，喜欢让大家叫她蜜哈二。哈，读成汉语拼音的第二声“ha”，二，最好含在嘴里不发音，闷着。这么一收拾不论听，还是当名字称呼都够别扭的，像困觉时打的哈欠，最后百分之三十突然停止，含在嘴里不让发音，大家很不习惯，但蜜哈二坚持，觉得特别，自己满意才最重要，所以当别人念不准她这饶舌名字时，常遭到蜜哈二纠正。

蜜哈二有梦，想在美国做影星。蜜哈二结过两次婚，一次在以色列，一次在德国，但最终都拜拜了。婚姻虽失败，但蜜哈二说，她在这两个国家出了大名，在不少电影中扮演过主角，尤其还与德国影星（忘记名字了）联手演了部引起轰动的片子。蜜哈二问我看过没有，我说没有，蜜哈二让我好好想想，我说不用了，这令蜜哈二很失望，但仍坚持要我再仔细回忆回忆，还让我问问我的其他德国朋友是否看过。

蜜哈二，历经波折，辗转来纽约就是要寻找机会圆美国明星梦。但一年零八个月后，事与愿违，蜜哈二明星梦没有实现，只找到一份在La MaMa小卖部里卖饮料的工作。虽然只是卖饮料，蜜哈二对自己的工作全情投入，绝不含糊，每天仍然要认真化妆，再戴上叮叮当当夸张的首饰，如自己上台演出般一丝不苟。

蜜哈二始终坚信这一点：来La MaMa看演出的绝无等闲之辈。因此，不能小觑，什么人都有，尤其还暗藏星探！据说当下红透半边天的大牌明星，电影《七宗罪》的主角布拉德·皮特，就是卖饮料时被星探发现的。每天开演前，只要蜜哈二在厨房，如果我在家，会毫不犹豫地缩进自己的房里不出来。这时的蜜哈二不论洗、做、吃都如风卷残云般地所向披靡，动作之快，嗖嗖灌风，心情好的时候满脸春意；若有不顺，截然不同，怒从心头起，火自胆边生，喜怒哀乐悲恐惊，七情跃然脸上，全无遮掩。

一天，蜜哈二心血来潮要做一种以色列特别的鸡，烧上锅后没油，大叫谁拿走她的油了，我刚好进来撞上。

蜜哈二说："Yan，你拿我油了！为什么我的油找不到了？"

由于突然，我一愣赶忙说："没有，我们自己有。"

我想蜜哈二一定是忘记了，她一直在用我放在厨房里的油，而且这已经是被她用过的第二瓶了。前两天土耳其的博士Xisan（西珊）要我拿回去说："Yan，这里都是自己用自己食材的，不要放在这里给大家公用，拿回去吧。"我才拿走，其实拿不拿也没什么意义，因为根本就没剩多少了。

"OK！你有？赶快拿来！我现在就用！"

说完，蜜哈二迅速张开戴着金色指甲盖的五指。

蜜哈二最近刚掀走白色指甲盖又粘上金色的，据说金属金是1997年流行色，不管怎样我看见五束金光，如五道闪电在眼前划过，顿时蒙了。借东西借得这么单刀直入，一点不啰唆、不含蓄、不拖泥带水，还真是第一次碰到，这就是美国。

目前，最令蜜哈二痛苦，搅得她心烦意乱的就是没有美国绿卡，在美国没绿卡没人敢雇。对蜜哈二来说即使有做明星的才艺与机会，也得眼睁睁地看着才艺与机会，交臂而过让它溜走。

所以蜜哈二特别想找美国人结婚，可一直找不到，这令蜜哈二心烦意乱做什么都不痛快，有块石头压在心上，堵心气不顺。蜜哈二条件降到“纸婚”也行，即只履行文件手续，无任何实质关系也行，楚河汉界各不越雷池。除此外，蜜哈二还豪爽地宣布：愿付对方一笔补偿金，多少对方自己定，那口气大到不容置疑。

尽管条件放得这么宽松，蜜哈二说还是没人愿意娶她，蜜哈二把原因归于：纽约男人5 out of 6（六个里面有五个）是同性恋，这种不能结婚的焦虑，令蜜哈二常常横眉立目，恨恨的。蜜哈二恨起来的时候，习惯左手插胯，右手自然弯曲吊在半空中，下半身类似维纳斯，上面看去像高脚咖啡壶。

蜜哈二很忙，主要不放过所有能出席的社交场合，开幕式、展览会、Party等，全力以赴，世事难料，说不定赶上机会柳暗花明又一村，苦尽甘来，从此人生或许就能改写。

越南华裔美国人大卫（David）为庆祝生日包下曼哈顿Nell's Club（俱乐部）办Party，邀请了La MaMa的艺术家。Nell's俱乐部据说是纽约最有名的社交场所，经常有明星名模、富商巨贾、导演星探出没，好莱坞大片中熟悉的面孔，有机会在Nell's俱乐部觅到。平时进门费17美元，今晚优惠每人只收5美元，当然小吃、酒水自付。因为是Midnight Party（子夜派对），所以La MaMa的艺术家约好零点整在楼下大厅集合。

8点左右，蜜哈二开始坐不住，拖着木拖鞋在厨房里走来走去，与日本女人那种娇羞做作，流花碎步拖木屐的走法相比，蜜哈二步履显得铿锵有力，哐哐，哐哐，让人不由自主地想起,20世纪50年代，中国援助朝鲜打美国的一首军歌：

“雄赳赳，气昂昂，跨过鸭绿江……”

走了一阵的蜜哈二终于坐下来，开始吃Salad，发出清脆的“咔嚓咔嚓”声，Salad绿色汁液，不时地顺着蜜哈二的嘴角缓缓溢出，蜜哈二并不理会，她做Salad喜欢用La MaMa最大码的那种玻璃盆，可供六至八人享用。平时蜜哈二做一盆分两三次慢慢自己享用，但今天蜜哈二一气呵成将整盆Salad吃得寸叶不留，剩下一点残渣都没放过，还用食指反复将玻璃盆擦拭干净。

彻底消灭Salad后，蜜哈二又煮了一大壶咖啡，没有加糖，只加了些牛奶，抻长脖子扬起头，几乎没有停顿地喝起来，咕咚，咕咚，咚，十分畅快。

毕竟在外面奔跑了一天的蜜哈二脸上流露出掩饰不住的疲倦，但看到坐在小客厅里看书的我，一定要我出来聊聊，蜜哈二说现在十分想练练她的德文。蜜哈二的德文还可以，只是听起来比较困难，浓重的以色列口音加上快速表达，不努力听以为她在说以色列话，尽管听不太懂。看到蜜哈二仍不想放弃只好陪她练带有以色列口音的德文。

练了一会儿，我建议蜜哈二先睡觉，她实在太困了，蜜哈二觉得有道理转身就走。

饭厅里，我继续翻着从中国旅美音乐家谭盾处拿来的书，是日本作家大江健三郎写的短篇小说集。大江健三郎是1994年诺贝尔文学奖获得者，他的作品我看得不多，但大江健三郎以一个父亲对自己残疾弱智儿子的生活经历，写成小说《个人的体验》引起我对他的关注，尤其他对人性的阴暗邪恶，力透纸背。

不过五六分钟，蜜哈二又折回来说翻了半天身还是睡不着，想想今晚Party就彻底激动起来，真不知道将会发生什么事。听口气好像今晚纽约的星探、导演全猫在Nell's俱乐部等着发现蜜哈二。后来我一想，也真难为蜜哈二睡不着，那几大壶咖啡灌进去，别说蜜哈二睡不着，就连拳王泰森也别想合眼，多少咖啡因啊！

但蜜哈二毕竟是真累了，说话时眼睛一直闭着，手欲不断撕扯着面包往嘴里送，一尺多长的法式长棍面包，被蜜哈二揪得所剩无几，但，最终还是揪完，连手中面包屑蜜哈二也倒进嘴里。

这时，我开始端详着坐在对面静下来的蜜哈二。一头乌黑鬈曲的长发（蜜哈二说颜色是染的）到腰际，棕色皮肤，虽然毛孔有些大，但还很紧致；高高前额下深藏一对细长凤眼，鼻梁挺直，除鼻翼略有点外扩，几乎无可挑剔；嘴唇相当性感，形象还不错，尤其化妆后粉底将脸部不平之处填满颇有魅力。只是由于蜜哈二性格暴烈，常将姣好的脸扭曲令人唏嘘，假如蜜哈二能少些雷霆万钧，多点平静温和，那么，那时的蜜哈二该会是怎样的……

“Hi，Yan，你知道吗？我刚收到一个艺术代理商请我试戏的通知。”

突然蜜哈二睁开双眼，放射出幸福的光芒说。一下子打破了沉浸在幻想中的我。蜜哈二真可以，太淡定了，闹腾一晚上现在才说这个提振的好消息，到底还是有希望了，我为蜜哈二由衷地高兴起来，毕竟这是蜜哈二期盼太久的好消息了。

“不过试戏只给4分钟。”蜜哈二补充道。

我一听比较扫兴，要真正了解蜜哈二的演技，无论如何4分钟是短了些。

蜜哈二观察到我的失望，宽厚地拍着我的头安慰说：

“4分钟已经很特别了，如果成功还可以再试，何况我还没绿卡。”蜜哈二，一提绿卡，语调马上凝重起来。

绿卡的问题，一直在无情地折磨着蜜哈二，一提它蜜哈二会迅速老几岁，我怕蜜哈二再苍老赶忙说：“Sehr gut（很好）。”

约瑟演出归来，我告诉他今晚有个Party，约瑟说明天一早约见美国作曲家协会的朋友，去完Party可能会太晚，我说我想去，约瑟笑眯眯地答应了。

零点整，我们准时来到了大客厅，看见蜜哈二吓了我一大跳？！

蜜哈二这是干什么！只见蜜哈二身着银色蛇皮闪光背带裤，裤子的中缝一路向上开去，直逼大腿根部，上身全裸一丝不挂，只有两根细细皮带吊在肩膀上，皮带宽度刚好紧紧箍住两个乳头，蜜哈二属于翘臀豪乳健硕型，膨胀饱满的乳房由于没有胸托，像两座山丘四处蔓延开去。

蜜哈二正心急火燎地用手指通一只黑缎长臂手套，另一只被蜜哈二叼在嘴里甩来甩去， 10指才通开3个。这时客厅电话铃狂响不止，都是找蜜哈二的。蜜哈二脚蹬10厘米高跟黑蛇皮半腰马靴，来回奔跑，脑门、裸背上不断沁出细密汗珠，两只豪乳随着蜜哈二大步流星地狂奔，呼呼上蹿下跳，看得大家个个目瞪口呆，加拿大演员Charlotte直伸舌头，不知为什么，紧张兴奋的蜜哈二突然掉转回头又窜回自己房间……

过了好一会儿，蜜哈二才推开自己的房门冲出来，顿时金光一片，香气满堂。蜜哈二手腕、手指、脖子、鼻子、耳朵挂满了金器。身上披了件黑大氅，看上去外黑里银，银色蛇皮背带裤狡猾地发出青青磷光，下楼时，在漆黑的楼道，蜜哈二像只电力不足的管灯。

冬日纽约的子夜寒气逼人，尤其下起的淅沥细雨更添冻意。

大家站在La MaMa门前，等待着蜜哈二的朋友来接我们。我穿的是Gore-Tex羽绒服，广告说这是一种全新特别面料，经特别加工制作，宇航员试穿后一致认为保暖至极，但此时，我的感觉只有：冷！

回头再一看蜜哈二话也不说了，闷头猛嘬手里的烟卷，一根接一根，微弱的暗红烟光里，蜜哈二的脸由青变灰逐渐暗下来，支起大衣领全身上下如筛糠般抖擞着，人越抖越细，其他人不断努力弹跳、跑步、抡胳膊、搓脑袋御寒。

遥遥无尽的期盼中，迎来了蜜哈二朋友的那辆20世纪80年代末的BMW，大家一看全傻眼了，有没有搞错！加司机共9个人，两排座位往哪里安身？

约瑟笑着说："让我们去坐TAXI吧。"我刚要走。

"不用！"蜜哈二大喝一声，手用力往下一劈，迅速打开车门接着说：

"等这么半天了，上！你们先上，我最后！快！快快！"口气不容商量。

La MaMa艺术家们鱼贯而钻，使劲往车里挤，后排一下坐了6个人，前面是高大魁梧的司机与黑人演员Charlotte，最后剩下蜜哈二，只见蜜哈二撩起大氅后退几步，接着深深吸了口长气，纵身往车里一跃，重重砸在Charlotte身上，痛得Charlotte仰天绝望大叫一声，蜜哈二的头稳稳地枕在司机的脖子旁，车子启动。

这是我第一次享受9人乘一部小轿车的感觉，在美国，在纽约，在La MaMa。

司机是美国以色列人，弹电吉他与做生意，今天这部BMW是他用50美元租来的，虽然已经跑了一天，但司机依旧慷慨无比地说：

“来吧，来吧，都来吧，再多上几个人才好哪，今天一定把车里汽油都用光，如果来得及我还想开车去趟以色列看朋友呢……”司机很诙谐，一路车厢里笑声不断。快到Nell's俱乐部时，因遇到红灯汽车停在了十字路口。

“警察！趴下，趴下，全趴下！完了，非罚款不可！”突然司机绝望地叫起来。

“Oh, oh, my God! ”坐在旁边的作家麦克惊呼不断。

我迅速向前瞟去，果然对面停下一部闪着红灯的纽约警车。顿时，我们车厢里的人不约而同地感受到势态严重，齐心协力拼命往座下滑，恨不得顺着车底出溜出去，蜜哈二愁得上天无路，入地无门。

“哈哈，哈哈哈……”司机由小到大莫名其妙地笑起来，接着说：

“别怕，除非警察眼睛2.0，要不然，别想看见我们！”

忙乱中我一琢磨，这个幽默有点黑。你想蜜哈二周身全黑，抱着她的Charlotte是黑人，除黑衫黑裤连脸都是黑的，车里又暗，警察如果不是火眼金睛，他们能发现吗？

虚惊之后Nell's俱乐部到了，门外熙熙攘攘围着很多年轻人，两部警车停在那里，警察帮助维持秩序，有几位打扮得很Cool的黑白小伙子，拿着夹子郑重地点唱着被邀请者的名单，不在册者谢绝入内。旁边立着几个晃来晃去、膀大腰圆面无表情的黑人保镖，个个手上带满尖锐如利器般的戒指，Nell's俱乐部看上去显得神秘莫测。

经保镖们冷眼真空扫描，再过安全门电脑检验，终于走进令蜜哈二折腾一晚激动不已的Nell's 俱乐部。

Nell's俱乐部大堂温暖如春，足有二十几度，镶着黄色流苏的紫色丝绒窗幔垂到地面，大厅里吧台、茶几上点亮不少蜡烛，烛光快乐地跳跃着。到处是攒动的人，参加Party的多是黑衫黑裤黑裙，原以为蜜哈二进来，可以亮相露一把，谁知蜜哈二反倒用腰带将黑大氅紧紧地往腰里束了一把，我环顾左右这里的人还真没有一位上身是全裸的。

快速、激烈的佛拉明哥音乐伴着舞池里的一位西班牙舞娘，舞娘踩着变化多端的音乐节奏，准确、清晰地踩住每一拍，1/4、

1/8、 1/16，甚至更快节拍，双脚随意机敏地踢打出许多漂亮悦耳的花样节奏来，这是需要娴熟技巧才能完成的高难动作。因此，舞娘赢得了观众阵阵掌声、欢呼声，舞娘舞技绝对倾倒眼前观众，她将所有情感变化都浓缩进身体的张弛收放中，控制得相当完美，遗憾的是精彩热烈的舞蹈没有几分钟就结束了。

我们在吧台坐了下来，我觉得这里的人都很有个性。

人们谈笑风生，每一张脸的表情都相当生动，人群中一眼望去就会发现很多是训练有素的专业模特，女孩子不论黑白一律高挑身材、长腿短腰、修长双臂，举手投足，气质不俗，小伙子也不同凡响，一米八九的身高风度翩翩，很酷、很帅、很性感，受过专业体能训练，宽肩隆胸，倒三角很多，个性突出。

就连站在吧台里卖酒的黑人酒保浑身也充满艺术细胞。卖酒收钱这种单调乏味的动作，经黑人酒保二度创作后潇洒漂亮，一收一送、一招一式配上表情，黑人酒保完全不像做生意倒像在舞台上演戏，酒保从大家欣赏的目光里受到鼓励，越演越兴奋，时不时地在吧台里来个掖腿抱手360度原地点转，找顾客钱时经常做类似 “掀身探海” 的芭蕾动作。

看着眼前活跃异常、花样翻新的酒保使我想到了香港：若黑人酒保在香港打工也伸腰踢腿就差加 “大跳” 激情无限地服务、做生意，如此这般香港老板他们能接受吗？

大堂里的人们十分鲜活生动，只是混在人群中的壮汉保镖们肃穆、冷漠的表情，让人感觉阴森恐怖。大卫走过来告诉我们底下还有一层，可以去跳舞。

约瑟领着我在幽暗中扶着楼梯猫腰一步步摸下去。猛抬头让我倒抽一口凉气，头皮立刻箍紧。两个巨硕黑人保镖铁塔般悄然无息，抱胸立在楼梯口。两大汉只穿短袖黑背心。皮靴、皮裤、皮护腕，皮护腰有7寸宽，护腕护腰钉满钢钉，耳朵、脖子上坠着银耳环、银项链，脸上无阴阳，目不斜视，直盯楼梯口。如两大汉不呼吸犹如雕塑，见此情景，我开始有些恍惚，心中暗想：这是在哪儿?

底楼几乎没有照明，几盏壁灯放出微弱光亮。随着震耳欲聋的喧嚣强劲的 Rock Music 往里走，经常碰着甩身晃脑的人们，很多人尽情剧烈地舞蹈，动作完全自由发挥，进入忘我状态，飘飘欲仙，个个跳得热血沸腾、汗流浃背，空气燥热。

推开一座门又是一个大厅，这里比较安静，茶几上点亮小蜡烛，人们压低声音饮酒聊天，与门外沸腾的舞厅相比显得安静许多，冷脸的保镖像空气依旧散布在不同的角落让人不轻松，似乎进了意大利黑手党的“密室”。

大厅两侧暗藏着几个单间，我想让紧张的神经彻底松弛一下，推开一扇门漆黑一片，果然静悄悄地鸦雀无声，我为终于能找到一间空房而满意，决定坐下来休息。

“啊，上帝！”我差点喊出来。仔细一看，原来还有人呢！周围的人正一对一地缠绕着。相拥接吻，像无声电影里放慢的镜头。墙边站着一声不吭的保镖，屋里人看见突然闯进来的我，唰的一下定在那里。刹那间，我的心底涌起了毛骨悚然的感觉如电击全身。

脑海里快速翻出拔枪火拼爆炸场面，接着是拥挤慌乱破门夺命的人群，我尽力控制着恐慌的情绪不蔓延，但一想到刚才下来的细窄楼梯，只能容下一个人，真发生意外后果将会怎样？心理节奏随着大脑恐怖画面闪回越来越快，越想越严重，时不我待，不由分说，我拉起约瑟大手往外急奔，跟在后面莫名其妙的约瑟直问：“Why?”

我沉默不语只管拨开人群匆匆走，耳畔听到约瑟不断道歉：“Excuse me, excuse me…”直至回到地面大堂我才告诉约瑟原因。约瑟摸着我的头，笑我看的美国恐怖大片太多了。

虽已是午夜，大门口人仍不断涌入，还有站在寒冷的冬夜，充满希望在外面等票的人们，看着这些年轻充满生气的面孔，你会觉得是一股不可阻挡的春潮，它使你明白什么是希望，什么是竞争，什么是永不放弃。这些人中会不会也有未来的布拉德·皮特，纽约这个表面不露声色的移民城市的确藏龙卧虎。

突然，我自己悲天悯人起来，为奔波仍在奋斗中已近中年的蜜哈二。

蜜哈二怎么样了？ La MaMa的艺术家们怎样了？

听来表演的西班牙吉他演奏家讲，下半场演出要到午夜3点后才开始，想想约瑟明天与美国作曲家的约会，我们决定先走一步。

从喧闹嘈杂的世界里挣脱出来，深深呼吸着冬夜里凉丝丝的新鲜空气，清新很多，终于找回了遗失的自己，那种失而复得的感觉真好，你是你自己的！

第二天，卖完饮料回来的蜜哈二看见我立刻高声大调地喊起来：

“Hi，Yan，昨天你和约瑟去哪里了？我们找了你们半天！……”

蜜哈二说Nell's俱乐部连底楼共4层，她们一直在顶楼跳舞、喝酒、聊天、上厕所。

我问蜜哈二有什么突破性进展？

蜜哈二不假思索地说：“还要更多地参加类似昨晚的那种Party！虽然暂时还没有遇到星探和导演，但一定不能放过每一次Party！”蜜哈二总是信心满怀，或许就因为她心中那个扑不灭的梦想，才有这番不懈的追逐。

梦想，又是什么呢？

梦想，或是深藏在人们内心的深处的期许，这个期许幻化出彩虹般迷人的美丽光环，朦朦胧胧地引诱着追梦的人。

梦想，绝不是梦，两者之间的差别通常都有一段非常值得人们深思的距离。梦想是心灵的思想，是我们的秘密真情；梦，会转瞬即逝。

梦想，内容与现实之间是相互关联的，梦想改变着现实。只要为之付诸行动，持之以恒，不懈努力，就有成为现实的可能。

当蜜哈二真心在追寻着自我梦想时，每一天都是缤纷五彩的快乐时光。世界上最幸福的事情是彻底地了解自己人生的追求和梦想，并依托自己的才华、勤奋，让自己向着梦想前进。

尽管每个人的梦想，最终未必称愿成真。但，这一寻找过程足以令人神往，人说有梦想者比无梦之人幸福充盈，虽然很难，却依旧快乐着……

由衷祈愿蜜哈二在快乐中，早日梦想成真。

清晨，麦克走了，不辞而别

麦克（Michael）走了。

是在星期六大家还没有起床的那个早晨，从La MaMa走的，是孤身上路没有人为他送行，更没有人知道麦克去了哪儿。

很多天前，麦克就自言自语地叨唠：“我走了，走了，明天，我也走了……”

有点像曹禺先生话剧《北京人》里絮絮叨叨的陈奶妈总重复说走。说是说，但麦克一直没走，今天突然不辞而别，干脆得让人怅然。麦克是地地道道的本土美国人，却给拿到绿卡的土耳其小姐西姗（Xisan）轰走了，绿卡真的厉害，有时会像武器一样具有杀伤力。

麦克被轰走的主要原因是：待在La MaMa只看别人演戏排练，一直没演出，已经3个多月没事干了。一般来说，住在La MaMa的来自世界各地的艺术家，如走马灯替换周期那样快，为演出而来，演完就走，不能常住。

麦克不，整天除认真反复地看报纸，无论新旧，包括被别人扔掉的陈年刊物，麦克都捡回收好，仔细看，再有听陈年老旧的音乐，几个黑胶唱片反复听，陶醉其中不能自拔。艺术家要出新，没什么新意等于无所事事，与其他来去匆匆紧张奔忙的各国艺术家们相比，显得格外醒目，甚至多余。

另外，麦克不太讲卫生。一头鬈曲的栗色长发，随便顶在头部，很少梳洗，除保持自己蓬头垢面外，用过的餐具也常忘记洗，用过后，随意堆在水池里扬长而去。其实麦克也洗，只是麦克的洗法与众不同，不用手，不用清洁剂，只用水一冲，仔细一看可以清楚找到麦克油腻大嘴留下的痕迹，别人再用等于与麦克接吻。引起他人强烈不满，来自不同国度、不同文化背景的二十几人住在一起，卫生全靠自主自觉。

麦克是音乐家，当年风光无限，曾是独奏级的敲击乐演奏家，美国音乐界年长的音乐家都听说过麦克。那时，麦克是何等的风光，动不动就上报纸，文字照片都有。约瑟说："很多著名的作曲家为麦克作过曲，如：大名鼎鼎的John Cage…… 麦克还曾与最杰出的美国现代舞大师Merce Cunningham合作过，演出获得空前成功，不少文章都有报道。"

年轻时的麦克有不少崇拜者，崇拜者里也有令人怦然心动的女孩子。那时麦克很帅、很性感，老照片足以证明，麦克自己皮夹里还保留几张。但全情投入音乐的麦克无暇浪漫，背着乐器到处去演出，包括出国，他还来过亚洲。舟车劳顿虽辛苦，但那时演出是麦克赖以生存的激情，演出如警笛，随时召唤着毫无牵挂、精力充沛的麦克，麦克心中装满的只有音乐与音乐，心无旁骛。

不幸的是麦克成功过早，那些欣赏麦克的老一辈作曲家相继辞世，虽然仍有几位健在，但能写的不多。麦克现在40多近50岁，如雨后春笋般成长起来的年轻一代音乐家懂麦克的已经不多了，加上风格分化，欣赏他的人几乎没有，邀请麦克加盟演出的人越来越少，更不用说为他谱曲写音乐了。麦克像张褪色老照片，往日的辉煌无情地退去，剩下的早已发黄泛旧，由此，麦克真正陷入无米之炊，无作品操练，无音乐会表演的饥荒中。

麻烦的是，麦克为了减压又增加了三大嗜好：酗酒，吸烟，奢糖。麦克可以将大把大把白花花糖粒撒在桌上，伸出脖子如鸡啄米般不消一会儿，全部吃光，再将十指像Baby一样认真嘬一遍，然后享受不尽地眯起双眼。麦克对糖热爱到了无以复加的地步，连喝可乐都要再加一把方糖才过瘾，我想，麦克一定血糖高。

麦克的烟，自然也是常燃，心情好与不好时都一样，连绵不断，一根接一根。麦克每次在投币电话讲完后，电话周围像刚结束一场阻击战，烟雾弥漫，远处看像原子弹爆炸后的蘑菇云，久久不能散去。后面再来打电话的人钻进烟雾里，等于吸二手烟，要做的第一件事就是帮麦克清理满满一碟的烟头。

麦克虽然喜欢喝酒，但酒风比较好，喝酒主要是安安静静地自斟自饮，相当平和，即使醉酒也不闹事，因为麦克不喝烈性酒只爱啤酒，牌子不限，一般顺其自然。麦克喝多后只是将脑袋冲下，随意地垂在桌子上，或倒在某个地方大睡，或找约瑟低声倾吐。

三大嗜好长期浸透，使麦克双手震颤，头部左右小摆动，记忆力减退，这是典型的脑神经受损现象。麦克经常不厌其烦地把自己说过的话再重新来一遍，嘴里磨磨叨叨像丢了阿毛的祥林嫂："我不知道，下雪天狼会出来，我的阿毛他，就死了，我的阿毛他，就死了……"这种呢喃呓语，循环往复久了，失去爱儿的祥林嫂的苦痛，逐渐变成他人围观的笑柄，最终自己也倒在吃掉阿毛的漫天大雪里。

愿意和麦克说话的人不多，只要麦克一张嘴，对方立刻站起来友好地说：

"噢，一会见"，之后就再也不见人影了。

麦克并不失望，而是去找约瑟，大家说：只有亲爱的约瑟才可以欣赏麦克。麦克见到归来后的约瑟，立刻喜眉笑眼，看上去像个大顽童。

麦克鼻音很重，我常怀疑麦克是否用鼻子说话，因为麦克说话时嘴基本不动。当麦克将食物放进又薄又长的嘴里，上下嘴唇立刻若无其事地封住，加上稀疏小胡子遮掩，一点儿不露痕迹，猛一看麦克胡子底下似乎缺少了什么。

麦克与约瑟谈话题目单纯，只有音乐。但涉及范围颇广，作曲家、演奏家、作品，古典现代、风格流派，纵横驰骋……有相当长度、宽度、广度、厚度，麦克很以约瑟为知己开心，大有相识恨晚之遗憾。聊到音乐麦克就青春爆发，开心之处，麦克与约瑟会共同大笑，笑得一览无余，麦克笑得尤其响亮、昂扬，笑声到达很高位置才下来。

有时麦克情到深处，还晃动着大脑袋敲汤盆、盘子、桌子、刀叉等助兴，敲击乐最重要的就是节奏感。

通常许多音乐中会特别添加一些额外的敲击乐器来增加节奏感，在整个乐队中添加一个专门的敲击乐手，可以为乐队的声音带来更加独立并且独特的节奏深度。

不论是流行音乐、摇滚乐或是蓝草音乐，一个额外的敲击乐手都可以为你的音乐增添更多的质感、切分音、音乐氛围以及更多的特殊效果等。现代的敲击乐手，都可以利用各种各样的敲击乐器演奏出各种不同的音量、音调以及动态范围。

而麦克敲出来的节奏变换多端，连击速度极快，快到令人窒息，慢下来又非常稳，表面不起波澜，内里激情涌动，麦克原本木讷的脸立刻鲜活生动起来，就连平时那对呆呆地躲在镜片后的那双眼，也焕然一新，麦克浑身洋溢着无比快乐，坐在一旁聆听的我，看到麦克这么开心，也悄悄地为他高兴。

谁能说清音乐是什么呢？竟能如此感动人，甚至感动最孤独寂寞的人。她可以不露痕迹，自然而然融进你的生命，与你混合成一种血脉不可分割的关系；音乐是如此淡定平和，绝不因你贫穷富有，高低贵贱，得意失落而舍取亲疏，绝不，因此，这世界才有那么一些人，敢于倾尽自己的财富、生命去追随，去爱她，甚至为她而死……

在维也纳生活的岁月里让我对音乐产生了一种由衷的敬意，维也纳市中心步行街，傍晚来自世界最棒的音乐家在路边、广场演出，喜欢他们的观众自动拉起手围出空场。每到周末，维也纳的空气到处飘荡音符，家家都有自己的音乐会，一家人或许就是一支小乐队。

我常常独自漫步在维也纳的墓地，墓地静谧安宁，没有半点喧嚣嘈杂，苍松翠柏，墓碑前摆放着的鲜花到处绽放，闻着花香欣赏着不同墓碑上刻下的逝者生前最喜欢的乐章，用五线谱或长或短，让人觉得通往天堂的路有音乐相伴并无恐惧。

麦克年轻时出过不少唱片甚至CD。那时麦克有很多机会，找麦克签约的人不少，唱片公司非常喜欢麦克精湛的敲击技术，还有演出中具有的艺术感染力。长发披肩的麦克意气风发如空中飞人般自由自在地满世界跑，真正火了些年，没想到风光不再。今天，尽管到了这种地步，麦克仍有自己的梦，那个梦只在心中缭绕，不肯轻易对外流露，只有与约瑟在一起时才说，就是两个字：演出！

麦克听了约瑟写的一些敲击乐作品，迅速地来找约瑟说，很激动。缠着约瑟为他作曲，麦克想与约瑟举办吉他与敲击乐重奏音乐会。只要约瑟同意，麦克马上热身准备，麦克说到演出就进入状态，用厚厚的手掌不断地拍打约瑟肩膀，挺着隆起的啤酒肚，细长手指夹着一支烟，抬起小腿不紧不慢地来回在屋里踱步，配以深沉地点头，如果麦克不是有些狼狈颓废，这动作很像腰缠万贯的大老板。

有一天，刚迈进厨房门，西姗妹妹看见我立刻捂着嘴笑，再用手指指水池方向。我提住气，蹑手蹑脚往里挪，只见水池旁背对大家站着一高一矮的约瑟与麦克，两人全情投入，认真地探讨着什么，全然不被身后聊天喝咖啡的人所干扰。麦克时不时立起脚尖，趴在约瑟耳朵上嘀嘀咕咕，看上去显得事态严肃，只听到麦克："OK？ Jo，OK！"

西姗妹妹说他们站好半天了，可怜的约瑟啊，说完故意在胸前画个大"十"字，还把绿色的眼睛朝天翻了翻，变成完全的眼白，我觉得不必打扰他们，先回自己的"家"了。

过一会儿约瑟回来告诉我，麦克想约瑟买下麦克手里剩下的所有唱片与CD。想到麦克现在的处境，不觉有些酸楚，我问约瑟：

“麦克年轻时没有想到自己的晚年吗？现在这么痛苦。”

约瑟吃惊地望着我：“No，no，为什么说麦克痛苦，麦克没有痛苦，麦克是很幸福的，麦克对音乐有很多很好的想法，有的还很出色，比如，关于敲击乐就有一些New idea（新意）……”我一听顿时无言以对，心想可能个个音乐家都习惯这么“幸福”地生活。

麦克性格修养都很好，不，应该是非常好，从不发脾气。每次西姗怒冲冲地找麦克谈话要他搬出La MaMa，麦克总是心平气和地先燃起一根烟，然后安静地让西姗一字不落讲完，微笑、点头、起身，认真做准备。认真做准备包括两个步骤：

收拾行李。几次麦克都将自己行李收拾完毕，拿到大客厅，大家以为麦克果真要走了，遗憾地拉着麦克的手告别，尤其约瑟还有些难过，显得比别人更加依依难舍。谁知过了一会儿，麦克竟如从房顶掉下来的天兵天将，又稳稳地坐在厨房里，悠闲地吸烟，听音乐，喝加了糖的冻可乐。

找人换钱。在纽约市内打一次电话要25美分，麦克找不同的人换回一大把25美分的硬币后，然后坐下来掏出自己的电话本，沉着有序地往朋友们处拨电话，要求借宿。

西姗说她实在弄不明白，美国人麦克到底要干什么？！

让麦克搬出去是因为麦克不同于其他外国艺术家，麦克有房住！麦克的父母就住在曼哈顿，而且有很大的房子。父母热切希望麦克能回到自己身边。可麦克似乎忘记曼哈顿还有父母，对父母的召唤毫无反应，宁愿劳神费心找朋友借宿也不回家住。

今日复明日，明日何其多，麦克充满耐心地一直往下拖，拖得西姗叫苦不迭，见到麦克就头疼，就心烦意乱。有一天西姗怒冲冲地告诉我，她觉得自己失眠头痛，精神已经到了临界，快爆炸了！她不能再任由麦克这样马拉松般地拖下去，西姗感到她的承受力已经越过了最后的极限，我能做的只有耐心宽慰西姗。

可是今天，没等西姗爆炸，麦克却突然走了！这回麦克真的走了，走得干脆令人措手不及，连西姗都觉得意外。

麦克的不辞而别，像一部巡回反复，不断铺垫、不断温暖、不断攀升刚要达至高潮，还未及展开，就戛然停止的交响乐，悄然留下了无穷的遐想，或许这其中就是麦克本人的乐章，或许……

20岁的电影导演——婕米

在美国拍电影，除了投资商为争取巨额票房回收投入资金外，导演也可以根据自己的制作情况写成令人心潮澎湃、激动诱人的报告，然后去不同的机构申请资金，向那些看似有意愿的投资人或机构进行游说，为拍摄电影的资金补充更多能量。申请资金成败与否，相当复杂，取决于申请人或申请机构所拥有的演员高度、关系广度、剧本力度、感情深度等，其他不论，但这四者相辅相成、缺一不可。

大明星、大导演、大制作，就可以拿到大手笔投资人或机构的强劲支持。

人往高处走，眼往天上望，抬高踩低，影视界就是肉搏的战场，明枪暗箭，拳打脚踢，最终能名扬天下的明星寥寥无几。可是，一旦名扬天下，便威震四海，那是怎样的风光，前呼后拥，有亿万人崇拜，土鸡变凤凰，野鸭变成洁白的天鹅。所以，美国是造梦者的天下，才有来自世界各路的追梦人，前赴后继在这万人追梦的窄桥上博弈。

怀揣梦想的人们挤在纽约混，人们习惯仰视“巨星”，崇尚“高大”。

投资界大手笔们没有一个是弱智的，并非见到“巨星”“高大”的都毫不犹豫往里投钱。他们看重的还是对自己投资的利润回报，软硬兼得的效益，如广告带来的令人振奋的经济收益，这才是投资人能够投资的硬道理。当然投资界大手笔们喜欢锦上添花，喜欢把钱投给已经具有高度、广度、深度、力度俱全的申请人或申请机构，不言而喻的是，这种投资不仅风光轰动而且春种之后绝对保证秋后大丰收。

可是，这世界哪里有那么多的大明星、大导演、大制作？

对于毫无知名度，刚刚跨进影视界的青年人来说最大的痛苦就是：经费问题。没有经费寸步难行，钱，让太多演艺精英怀才不遇。所以，好莱坞的大片很多都有描写打劫银行的惊险的片段。作家、导演无论怎样绝顶聪明，脑浆流一地写出惊心动魄的作品，因为缺钱，都会如肥皂泡那样转瞬化为乌有， 20岁的电影导演婕米（Jamie）的体会相当深刻。

婕米皮肤很白，脸上尤其鼻子周围散布着一些雀斑，典型西方女孩。西方女孩长雀斑的很多，是普遍现象。在我教过奥地利的学生中，最好的一位，是在当老师同时也是领导的丹妮耶拉，也长雀斑，很多，满脸都是甚至延伸到脖子。最初见到丹妮耶拉，很为她惋惜，还暗中写信请国内朋友帮她找除雀斑的中药或外用药。一次与丹妮耶拉无意间聊到雀斑时，丹妮歪着头笑眯眯地对我说：“雀斑，是上帝的礼物，你不觉得很特别吗！”

哇噢！这世界确实难有对错、正误之分，只是看问题的角度不同而已。雀斑长在脸上，东方人觉得不能容忍，是缺憾要想办法除掉，而大洋彼岸的西方人却把它看成是上帝的馈赠，从此，我再没与任何人提起雀斑。听完丹妮耶拉的话，茅塞顿开的我赶忙写信让国内朋友停止寻找清除雀斑的中药与外用药。

婕米长着好看的酒红色头发，不是染过的那种，很美。染过的红发，等被长出来的金发顶起，红黄两色由于都是亮色，有点晃眼，让人看了思维不容易集中，像东方老人染黑发，被长出来的白发顶起，黑白两色，有点让人想起黑白两道。婕米剪短后的红头发，每一根都直挺挺的，就像新征入伍的军士，精神抖擞忠心地保卫着婕米的小脑袋，配上如雪的白皮肤，灯光下，婕米整个头如一颗金灿灿、红红火火的小太阳，放射出耀眼的光芒。

每天清晨，婕米戴着一顶自己编织的绒线小帽，穿着紧身运动衣去跑步，围着 La MaMa 剧场周围，有时也会去很远的地方跑。无论跑多远，8 点钟左右婕米一定赶回 La MaMa，跑步回来洋溢着青春活力的婕米，站在厨房如雨后喷薄而出的一轮红日，生气勃勃满脸飞霞，映红了整个厨房和厨房里的人。人们受到这种鲜活生命力的感染，顿时情绪饱满起来，困意全无。于是，厨房开始活跃起来，这是年轻的婕米带给大家的，美好一天开启。

婕米是一位聪明能干、十分刻苦努力，充满幻想又活力无限的美国女孩，婕米也有梦。

婕米爱学习而且勤奋刻苦，常伏案苦读到很晚，有时夜半更漏婕米还在看书。经常看到婕米抱着一大摞书旁若无人、仔仔细细地读，认认真真记笔记，低头读书时候的婕米表情相当专注庄重，额头、鼻梁、嘴唇形成完美线条，犹如一座玉雕。

十几岁的婕米离开父母。从加利福尼亚来纽约求学，大学读的是艺术专业。进了大学后婕米开始造梦，有过很多尝试，都以失败告终。当大学读完，婕米的梦更加成熟、更加专一，那就是：要做导演，自己写电影，导电影。

不久前，婕米终于完成了自己的梦，动手写了个剧本，是部很抽象的心理探索片。

心理探索片，不管在哪个国家都属知音甚少曲高和寡的影片，艰涩难懂，能真正欣赏的人不多。现实的生活，如同没有硝烟的战场，人人压力巨大，人们虽然不用提武器上班，竞争的硝烟却到处弥漫，上班与打仗相差无几。工作之余需要的是彻底轻松、彻底释放，甚至彻底宣泄。所以受欢迎的是娱乐科幻大片，这才是电影市场真正的主流，极少人在紧张工作之余再去琢磨晦涩复杂的心理片。

婕米不在乎这些，不去理会票房价值，也不需要以市场需求为导向。婕米的目的非常清晰：就是要向自己的能力挑战，她对导商业娱乐科幻片根本没兴趣。

婕米没有队伍，独行侠，主要靠自己写脚本，当导演，选演员，找经费，拉广告。甚至琐碎剧务，事无巨细都要亲力亲为，自力更生。

每天四处奔波的婕米晚上回到La MaMa后，累得常常一言不发，直挺挺瘫在沙发里，唯一能更舒服些的，就是把跑了一天的双腿高举到沙发背上，让腿部血液倒流，紧闭双眼纹丝不动。每次看到婕米如此这般，我都会踮起脚尖走路，吸住气轻轻往前移步，生怕惊扰思索中疲惫不堪的婕米。

婕米这次的影片，属小荷才露尖尖角，自编自写、自拍自导的首部片子。虽然精心策划准备了好久，但戏刚进行一半，钱先没了，再也拿不出钱继续拍摄，更不用说后期剪辑制作、配乐合成了。原已请人作的音乐也没了着落，演员、作曲家虽能理解，想帮助婕米赞助一部分，但如果完全不收费几乎不可能。没有粮草，马儿再健硕也跑不动，谁都不会坚持下去。

婕米现在的处境犹如杂技团叫座的功勋演员空中飞人，突然发生的意外使其倒悬在半空中，望天高看地远，进退两难。

没有经费怎么办？没有经费怎么办？这是婕米始料不及的。

现在的婕米每天睁开眼第一件事就是想钱，其实不睡觉睡不着觉的时候也是在想钱，总之婕米必须集中精力专心致志地想钱。钱这东西太折腾人了，搞艺术时你觉得它离你很远犹如雾中花水中月，朦朦胧胧看不清，甚至不想看，梦不再虚幻回到现实中，它又离你那么近，近到你没它，寸步难行。

婕米的片子因为不具备“几大”，因此很难有投资界的大手笔出现，在没找到赞助之前，婕米只能做的是“从我做起，节衣缩食”，对于婕米用打工积蓄抽出来的那点钱，投入电影制作简直是九牛一毛。婕米郁闷的很想爆发，大喊出来，让我想起中国电影里有句台词：“向我开炮！”

婕米早餐很简单，一个橙子或几片饼干，加一杯牛奶或果汁，若La MaMa有免费面包就切几片，没有也罢。晚上归来的婕米通常煮一小锅Ginger Tea（姜茶），将早上剥下来的橙皮细细切碎加上鲜姜片，撒一把红茶煮一小锅汁当汤喝。婕米说这汤不仅驱寒、提神、治感冒，还可以增加Power（力量），疲惫不堪的婕米太需要Power了。婕米热情地请我试过她的姜茶，我的感觉只有四个字——苦不堪言。

纽约每天有梦与诱惑，伴随梦同一轨道运行的是残酷的竞争，弱肉强食，没有本事免开尊口。否则一两个回合翻身落马，没人同情。但对心怀憧憬的婕米来说，这种生活充满新奇刺激，而这种刺激给了婕米拼搏后更加鲜活的快感，婕米因此而乐观。

为了舒缓压力，婕米常常叼着根烟，为留住每一个美元美分，没人时，婕米就自己动手卷烟。为此婕米还有一套自己的小工具制作包。

看婕米卷烟是一种艺术，每次婕米先从玻璃纸口袋里抽出一张裁好的卷烟纸，这是婕米无事时裁好的，约两寸长一寸宽的白纸片，铺平烟纸，婕米从小皮夹里，抽出一缕黄色曲卷的烟丝，小心翼翼地用手指将它们工整地摆放成细长型，全部安置妥当后，婕米还要深情无限地再看一眼，从里往外一推一卷，卷完后再用手掌部位顺方向仔细搓紧，在桌子上蹾蹾，让烟丝更结实，剩下边缘用唇边口水粘住，就成了一根白色挺拔的小烟棍，属于那种俏丽秀美型的“坤烟”。

这时婕米并不急于抽，还要用小剪刀剪去两头不实的地方，然后再用打火机点燃。整个制作过程犹如婕米拍电影般细腻认真，所以婕米很珍惜自己的创作。烟，被吸进后的第一口并不急于吐出，而是放在嘴里停顿片刻，留下记忆后再轻轻缓缓送出去，像是与多年好友的惜别。

婕米对未来总有不尽的憧憬，而20岁的年华就是梦的缤纷世界。婕米是一个对理想执着追求、不肯轻易放弃的年轻人，哪怕遇到再大的困难也继续向前挺进，而且乐观不沮丧。

艺术里与生活中的婕米判若两人。陷入沉思中的婕米显得相当成熟，与她年龄相差很远，如坐镇出征指挥千军万马的大将军，凝目远视威风凛然，抬眼望去你可以在其脸上找到厮杀的战场。完全放松生活中的婕米，是个地道的小女孩，活泼淘气经常咯咯大笑，笑得前仰后合不论时间早晚。

婕米的笑声具有爆发力，经常令人猝不及防，还有穿透力，可以穿透La MaMa的每个房间甚至甬道。

有一次，不知婕米给谁打电话，又咯咯大笑起来，隔着大客厅我享受到五六次这种毫无遮挡的开怀大笑。婕米还喜欢和我一同大笑，我们开心起来旁若无人，有时也会感染大家莫名其妙跟着笑，笑完之后，面面相觑经常不知道为什么大笑。其实，生活不必太纠缠，不必什么都要泾渭分明、水落石出。

我离开La MaMa的前一天夜里才告诉婕米，她当时正在La MaMa昏暗的甬道里看书，听到我要离开这里，婕米立刻像个小女孩，紧紧地抱住我不放，问为什么不早说。然后，跑回她的房间，蹦蹦跳跳拿来一样东西往我眼前突然一甩，发出“嗡嗡嗡”的响声，吓我一跳，原来是一段扯得非常好看精致的细密的弹簧钢圈，婕米说，这是她从家乡加利福尼亚带来玩了很多年的玩具。的确，钢圈已经非常亮，现在决定送给我，并告诉我，好朋友不说No，一定要收下。

我知道婕米是个真诚重感情的女孩，这玩具是她一份珍贵的心意当然不能拒绝。于是立即跑回自己的房间，把早已准备好的礼物取来回赠婕米。

几天前，我在想临别时送给婕米什么礼物呢，翻来翻去最后终于将我在匈牙利买的一个可开关的镶宝石的绿色手镯送给了婕米，婕米看见后激动地跳起来，说她早有一件绿色丝绸衫，一直想配个同色手镯，因为没钱，所以没敢再想，现在刚好梦想成真。

“哇欧，哇欧……”婕米举起那个绿色手镯立刻在狭窄的甬道里旋转起来。

我来纽约是临时决定，因为太匆忙没带什么礼物，主要带的香港特色小食品。和蒙古音乐家告别时我将约瑟的白羊绒毛衣送给了他们，他们带的衣服不多，纽约落雪有点冷。约瑟知道后给了我一个建议：如果我再想送人毛衣，最好等他离开纽约时再送，因为他只有两件毛衣又没带外套，那时正是纽约寒冷的冬季，特冷。我点点头，约瑟很高兴。

约瑟从纽约演出归来带来婕米的祝福，婕米告诉约瑟和我在一起使她产生很大力量，这是我始料不及的。我不知道自己做过什么，能做什么，除了感谢婕米的爱心与善良，我其实也向她学到了那种坚韧从不言败的态度，那种对梦想孜孜不倦追求的精神。

我在这里用汉字写下对她最诚挚的祝福，给大洋彼岸那个20岁的导演——婕米，以示我对她艺术追求中所付出全部努力的尊敬。笔墨纸上，再帮婕米加把劲儿。

加油！婕米！

你一定能成功的，你的成功在于你拥有从不放弃的精神。

纵然，那条路不好走，但这是你要攀登达到峰巅的过程，人生在旅途……

用镜头说话的土耳其摄影师艾肯门

艾肯门（Ekmen）是土耳其人，从伊斯坦布尔来，刚刚在La MaMa画廊办完自己的摄影展，题目：City & I（城市与我）。

作品共有40余件，其中最令人难忘的是用复印机放成近一米宽几十米长，黑白两色巨幅，横挂在画廊屋顶，很像中国“文革”时的大字报，坠下来的部分忽忽悠悠，摆来摆去，照片上的人看不清是哪国人，憨厚淳朴的表情有点儿像黄土高原上的中国西北农民，淳朴得一脸无奈。

艾肯门的专业是工程师，供职在德国西门子公司。摄影只是业余爱好，艾肯门的业余爱好可不一般，用香港人的话叫：“摄影发烧友”。

都说香港是购物天堂、文化沙漠。但“发烧友”这个词发明的还真有功力。

人如果喜欢做一件事到了“发烧”的地步，烧到多少度没有上限，随便烧，甚至差一步可以把命搭上，这其中想象的空间实在太大了。

每个人都可以骑在自己思维的骏马上跃马扬鞭纵横驰骋，尽情地自由发挥，最令人感到亲切的是跟在“发烧”后面的宾语是个令人爱不释手的“友”字。除了显得友好、友善、友情、友爱，还有令人肃然起敬、尊重佩服的意思。

“摄影发烧友”对艾肯门是最贴切不过。艾肯门不论走到哪里，肩背手提总得带着自己的几大件摄影器材，不离左右，像装备精良的联合国维和部队里的军人，只差头盔佩章了。艾肯门每天起床来到餐厅，首先打开报纸寻找的是天气预报，只要发现是好天，匆匆用过早餐马上出发，一直在外转悠，不到日落不回La MaMa。

艾肯门曾被土耳其国寄予厚望派到德国去学习，工作两年半。但艾肯门一句德文都没学，当然你好、再见会说。艾肯门把全部该学德文的时间都用来拍片子，艾肯门觉得自己英文已经OK，再花时间学习新语言等于浪费，不如在异国他乡拍片子更实惠。

况且，摄影比和人打交道更单纯省事，你拍下的东西是你自己想得到的人与物，镜头里的世界归你拥有，拍与不拍，自己一言堂，自己当老板。与人交流就不同，多了一份主体，多了一份负担，常要照顾对方情绪，察言观色，三思而后说，明枪暗箭都得懂，不懂就令“主体”不高兴，说出来的话未必是你自己想说的。因此，才有言不由衷、口是心非之说。

视摄影为己命的艾肯门曾下定决心不结婚，终生与摄影为伍，艾肯门认为就算穷其一生爱摄影也值得！谁知一次偶然，一位漂亮贤惠又懂艺术的土耳其小姐（西姗妹妹）闯进了艾肯门的生活，于是艾肯门获得一个粉碎自己永不论婚娶、恪守独身的机会。艾肯门思前想后考虑再三，终于心满意足地娶进太太，现在艾肯门一人双爱，爱摄影爱太太。

艾肯门太太也不负艾肯门深情一片，对艾肯门所做的一切由衷欣赏甚至发自肺腑地崇拜。这次太太请了10天假，坐11个小时飞机由土耳其专程来纽约参加艾肯门摄影展览，异国他乡继续欣赏崇拜艾肯门，谈话主题多以艾肯门为主。

对艾肯门摄影的支持，太太是没有底线的。像这次在纽约办的摄影展览，除土耳其航空公司赞助艾肯门一张往返机票，全部费用自负。而且艾肯门在纽约住一天，公司就毫不手软地扣除艾肯门一天工资。艾肯门并不介意这些，完全沉浸在自己的影展中，毕竟来纽约举办摄影展览是艾肯门神往多年的梦，搞艺术的都想在纽约干一场，回归故里就是资本，如今梦幻成真，其他问题就算经济受损也显得微不足道。

“理解艾肯门万岁”的太太说，目前家庭的经济她还能撑得住，艾肯门太太自己在土耳其旅游公司有份工作，虽然工资不高，这无疑对艾肯门也是一种强有力的支持，当然能支持多久，艾肯门太太自己也不清楚。太太能做到而且做得很好的就是量入为出，节约开支，比如这次来纽约，虽然是第一次，但艾肯门太太就下定决心坚持只看少买，甚至不买的原则，不能冲动，就算最喜欢的衣物饰品也要慎之又慎。

艾肯门是我见到的最安详平静的土耳其人。

维也纳大学德文班上的土耳其同学们个个活跃异常，热情奔放，有时奔放到全然不顾对方承受力，尽情地奔放。他们喜欢你根本不用偷窥，除了直眉瞪眼盯住外，还要将他们的心声表达出来，找机会一定要告诉你，觉得你是怎样的好，怎样的美，让人哭笑不得。甚至穷追不舍还要问你结婚没有？

有一次我又被土耳其同学缠住问这个老生常谈的话题：

“Yan，你真的结婚了吗，请告诉我真实情况……”

“是。”

“结婚很多年了？”土耳其同学不信，继续问。

“几十年！”我故意说。

“Waho，这么久？”土耳其同学很吃惊。

“那，有Baby吗？”

“有，很多，Baby还有了Baby！”

“Oh, my God!”同学夸张地倒抽一口凉气。

土耳其同学对自己的宗教热爱得很（狠），甚至有些情绪失控。

一说到《古兰经》，不管做什么脸上都突然神圣无比，他们相信世界只有一个主：安拉！只有安拉才是至高无上万能的！所以不能容忍比安拉大的“世界警察”美国，不能容许他们到处指手画脚，说到美国同学习惯地将嘴角往下一撇，普遍表现出不欣赏。

1991年1月17日，布什宣布美国向伊拉克发动进攻的总统令，这场波斯湾战争终于名正言顺、毫无遮掩地打起来。虽不关土耳其的事，但冲动的土耳其同学表现出阿拉伯人的空前团结，愤懑无比，激动得脸红脖子粗，怒目圆睁。情绪高昂得近乎歇斯底里，恨不能到街上抓个美国人弄到教室里暴打一顿，方舒心头之恶气，美国人让中东同学抓狂，极其不痛快。

艾肯门不是这样，总是静静地抿嘴微笑，公众场合基本不说话。要表达的意思全浓缩进微笑与点头中，而且点头的次数不多，速度也很悠缓，其余剩下的只是坐在一旁专心听别人高谈阔论，或摆弄自己的相机。

一天吃过晚饭，艾肯门、约瑟和我与三位从白俄罗斯来的蒙古音乐家们聊天，约瑟一直对其中两位男性音乐家的声音怀有极大兴趣，他们的独特之处在于，拥有与众不同令人不可置信罕见的音色、音域、音量。

蒙古音乐家运用特殊的声音技巧，一人同时唱出两个声部，形成罕见的多声部形态。声带时而振动，时而不动，是用腔体内的气量产生共鸣。他们运用闭气技巧，使气息猛烈冲击声带，发出粗壮的气泡音，形成低音声部。在此基础上，巧妙调节口腔共鸣，强化和集中泛音，唱出透明清亮、带有金属声的高音声部，获得无比美妙的声音效果。高如苍穹之巅，低如瀚海之底，宽如宇宙之际。

呼麦，原来这种奇妙的唱法被称之为呼麦。它的产生和发展，是在特殊的地域条件和生产、生活方式下产生的，在声学规律的认识和掌握方面出现了质的飞跃，被音乐界誉为“天籁之音”。

蒙古远代先民在深山中活动，见河汉分流，瀑布飞泻，山鸣谷应，动人心魄，声闻数十里，便加以模仿，遂产生了呼麦。从呼麦产生的传说以及曲目的题材内容来看，“喉音”这一演唱形式诞生于蒙古山林狩猎文化时期。

技术高超的“呼麦”演唱大师可以用二声部来演唱徐缓的长调、急速的快板或世界名曲。一般来说，“呼麦”的低声部是一个持续的低音，但有时也可变化音高，而高声部是一条波浪起伏的旋律线，它有时有词，但常常是无词的。这种唱法能唱出透明清亮、带有金属声的高音声部，获得无比美妙的声音效果。

蒙古音乐家中唱得最棒的是23岁的赛里耶，赛里耶高大宽厚，具有坦荡开阔的蒙古平脸，细细的眼睛在眼角处往上挑，嘴角上方不留神蹿出两撮细细的小胡子，赛里耶长得有点像油画中的成吉思汗，只是头发披肩，后面一看像女士。

赛里耶开唱前，喜欢先呷口“沃特卡”（伏特加，俄罗斯的烈性酒）闭目养神，然后由弱至强，由轻到重，由远及近逐渐唱起来。赛里耶雄浑低沉的泛音，让人想到西藏寺院里喇嘛吹的巨型法号，辽远广袤，恢宏震撼……赛里耶一个人发出的音量，犹如开到极限的巨大音箱震得La MaMa楼顶直颤。

大家对赛里耶这种发声技巧非常感兴趣，请教赛里耶如何练习。

赛里耶认真地说，要学这种独特发声方法的最好老师是：“牛！”大家顿时目瞪口呆。

赛里耶曾用心地跟着专业声乐老师认真学过两年，运气发声、高深玄妙的音乐理论除令赛里耶头昏眼花，不知所措外，收获甚微一直不能开窍，每次上课赛里耶都觉得压力巨大，因为老师总能让赛里耶找不到感觉，甚至怀疑自己是否能继续唱歌。

一天，苦闷的赛里耶去草原跑马，看到那些悠闲的牛，欢叫的牛群，被深深地吸引了。赛里耶立即翻身下马，围着牛群团团转，突然茅塞顿开。

从那时起，赛里耶每天早早起身，摸进牛圈耐心等着听吃完草料后牛发出兴奋的吼叫，赛里耶说吃完草料后牛所发出的吼叫是最畅快、最舒心、最令人难忘、最让他受感动的歌声。赛里耶认为这种感动至今都使他无法用语言表述，但从表情看我能体会到赛里耶的那份感动有多陶醉、多幸福、多么持久绵长。

与蒙古音乐家们在一起离不开三大件：音乐、烈酒、草烟。蒙古音乐家们热情豪迈，赛里耶太太乌热娜也是女中豪杰，烟酒不离手，脖子一仰一杯酒落肚，酒干杯落面不改色，然后继续为自己添酒点烟。乌热娜说出来演出最想的就是自己的孩子，说完转身跑回去拿来两个镜框，“嗵嗵”两声放到桌子上，镜框里两个结实的蒙古小朋友如同两块大石头都摔笑了。

艾肯门、约瑟与我，一直忠实地举着酒杯，用最开始赛里耶倒进的那点 “沃特卡”奉陪，因为我们实在无法欣赏深受蒙古音乐家爱戴的 “沃特卡”。那种浓烈熏人的酒精气味，令人未喝先呛。蒙古音乐家也不失望，剩下自己又抽又喝又唱，一曲接一曲表演完毕又请约瑟弹吉他，他们说约瑟练琴常在外 “偷听”，现在非常想亲眼看着约瑟弹琴。

看完后，蒙古音乐家们庄重地捧起一杯 “沃特卡”，用手指蘸过酒后向天弹了三次，真诚地献给了约瑟，赛里耶显得很激动，紧紧地抱住约瑟流下惜别的泪水，因为再有一天就要离开美国纽约了。

第三天早上，蒙古音乐家们在大家的送别中，提着自己的乐器，离开La MaMa，先去华盛顿几天后飞回了家。

那一晚很难忘，开心到早晨四点半才散去。艾肯门一直高兴地陪坐，帮助照相、跟着兴奋，但依旧不说话只是安详地微笑。直到最后看完约瑟弹吉他，艾肯门才开尊口问了很多关于吉他演奏技巧问题，因为艾肯门除了摄影还喜欢吉他，说自己最爱摄影然后就是喜欢吉他。

艾肯门很低调，无论做什么都一样。他太太说，他们在土耳其的邻居也来纽约了，常与艾肯门见面吃饭，但从不知道艾肯门在纽约做什么，艾肯门像经过严格训练的中央情报局特工一样死守秘密，没有走漏半点风声，向邻居透露自己有摄影展览在纽约，直到见到艾肯门太太，邻居才恍然大悟弄明白艾肯门为什么会在纽约！

一般办展览兼出售展品，有人就会在选中的作品上贴个小红球，以示卖出，作为作者与主办机构共同收入之一。艾肯门的朋友非常欣赏艾肯门的作品，一口气贴了三四个小红球问价要买。谁知一贯安静的艾肯门立刻激动起来，紧紧抱住作品不卖，着急地说，只要喜欢尽管拿去，卖一定不行，他绝不收朋友的钱。

艾肯门的行为令朋友们大惑不解，哪里有办展览不卖作品的，艾肯门万里迢迢来纽约是做什么的？朋友当然不肯收艾肯门作品，艾肯门也坚决不收朋友钱，双方争得面红耳赤僵持不下，说到激动时艾肯门与朋友抱在一起拉来拉去，有点像比赛到了关键时刻的日本相扑。

我一看赶紧打消购买艾肯门作品的想法，原很喜欢艾肯门的一幅夕阳西下五彩云霞中伊斯坦布尔外滩的逆光照，觉得很诗意，我历来对黄昏情有独钟，有意买下那幅作品，但一看艾肯门满脸青筋暴起的激动样子，话到嘴边又立刻咽下去，真怕艾肯门掉转过身与我再拉起来。

艾肯门的摄影技巧与暗房制作都很娴熟，对突发事件捕捉相当快捷，可能与艾肯门“人在相机在”有关，加之艾肯门脑子里老琢磨摄影，一有好题材就可以像飞鹰扑猎物般瞬间抓住，艾肯门尤其善于使用逆光，处理得温柔浪漫、扑朔迷离，很有情调。艾肯门对人的理解充满仁爱关怀，虽然镜头里的人们身在繁华喧嚣的都市中，但你能从中找到一种质朴纯善、静悄悄的感觉，使你浮躁不起来。

美中不足的是构图取舍有点杂乱，大作品动手之前策划不够细腻，某些作品内涵显得单薄，留给人们想象的空间有限。

但如果你沿着艾肯门作品的年序望去，可以清晰地感到一种大踏步地前进，一种自我否定后的不断升华，而这些不断地升华伴随着艾肯门的勤奋刻苦，锲而不舍。我相信，艾肯门将会达到一种艺术上的完善、完美。

在我离开La MaMa的前夜，艾肯门和我谈过，想用我的散文或诗来诠释他的摄影作品，他希望有一天我们重返纽约，或我去土耳其，或他来香港……我们各自用自己的感受办一个诗与摄影的联袂展览。那一晚艾肯门说了很多话，而且脸上泛着光芒。尽管我们都不知道那一天会是哪一天，但我知道艾肯门对艺术的执着的跋涉，终究会有一天能使他到达他寻找的彼岸，无论他何时起程，我都为他祝福。

重返“江湖”的意大利演员查利

美国政府一贯以自己为中心，不管美国本土人还是居住在美国的外国人，很多人都这么说。音乐家吴蛮也说，美国电视很少有国际新闻，国际国内全是他们自己的，除非发生天大的事，或和美国有关的重要事才报道。

吴蛮来自中国大陆，是旅美音乐家中成功的琵琶演奏家。这次来纽约参加我们的音乐剧《悲哀之后》演出。因为在这部音乐剧里，约瑟写了两首琵琶独奏曲。三年前，与吴蛮相识前，我曾写过两篇评论吴蛮音乐的文章，发表在香港《快报》上。

一般我写完文章，就将报社寄来的报纸送给文章的“主人”，自己留着也没用。因为在世界行走，喜欢自由，更不愿为物质所累。

离开维也纳时，我把几乎所有的服装、书籍、餐具等都留给了我的好朋友茱玛娜博士，送到她的地库有二十几箱。那时，每天茱玛娜下班，我教完课，我们先大餐一顿，然后搬箱子，从楼上往楼下搬，搬完最后一箱时，我们不约而同倒在地板上。两篇报道吴蛮的报纸不知为什么，一直没有送出。虽未曾与吴蛮本人谋面，先写了文章。但这次来美国演出，我们成了挚友。演出后不久吴蛮离开了美国，后来听说她又去了新加坡，偶尔也会在报纸堆里看见吴蛮的演出消息，吴蛮看起来很精神，为她高兴。

这次纽约演出，初见吴蛮，竟一见如故，天昏地暗地聊起大天来，大家都是搞艺术的，同在海外，思友、思乡、思国，话题太多，以至到了排练时吴蛮还依依不舍，余言未尽的样子。我也常被约瑟请回自己的房里“休息”，让吴蛮专心练琴，但约瑟前脚走我们后脚跟上来，再凑到一起聊大天。

最后两天的聊大天，还加了吴蛮的先生，特地从波士顿赶来搞科研的王鹏。王鹏昨天发来的E-mail还遗憾地表示纽约聚散如此仓促、如此短暂，未能尽兴，大有相识恨晚之感。

因为La MaMa的电视机坏了，所以不能佐证令大家愤怒共指的“美国中心论”，但美国出版的世界地图欲旁证了“美国中心论”的说法。

美国打破世界地图排版惯例，自己如同几世同堂的权威“老太爷”，理所当然地坐在世界地图中央，俯身下看着地球上其他国家，这些国家不论大小如同他的绕膝儿孙，让人无法理解，更不用说接受美国式地图，尤其令三位从白俄罗斯来的蒙古族音乐家非常不开心，嘴里叽叽嘎嘎，嘟嘟囔囔，瞧见地图就撇嘴，浑身难受。

蒙古族音乐家们掌握的英文有限，沟通起来相当困难，但毕竟都是艺术家，五官表情、四肢形体，基本可以将内心世界表达出来。表达最好的要算女演员乌热娜，只要乌热娜调动起自己五官来，爱憎鲜明，不说英文让人一看也能读懂。

乌热娜是蒙古族音乐家驻La MaMa的代言人，其他两位男性音乐家沉默是金，要表达的意思全托付给乌热娜，因为乌热娜最能代表他们的心声，他们要说、或没说的乌热娜都能代言，万一乌热娜还表述不清，两位音乐家就站出来再以摇头、点头支持。关于美国地图，乌热娜“发言”过几次，虽然大家觉得也是，但没太关注，毕竟都忙，甚至太忙。

几天后，La MaMa神不知鬼不觉地搬进一位新人，居住在美国的欧洲演员查利。

一天晚饭后，演员出身的查利看到乌热娜冲着地图再次指手画脚地“发言”，看了一会儿，查理做出反应，对准乌热娜比画起来，先指指地图，又指指自己的胸口，然后，向着乌热娜摆摆手走了，乌热娜没有搞清楚查理想做什么，摊开双手撇起嘴摇摇头。

一会儿，查利返回餐厅拿来胶水、剪刀、纸放在桌子上。查利把墙上的美国版的世界地图摘下来点上一支烟，巡视片刻，然后掐掉烟头如麻利的外科医生，用剪刀将地图上的美国地图果断地一分为二划开，粘好又挂上，顿时餐厅里一片欢呼，人人欢喜，蒙古族音乐家们还取来他们最钟爱的烈酒，分给在场的人，然后男女音乐家在长调中一起动腕、动脖、动肩舞蹈起来。蒙古舞很有特点，刚劲彪悍，婀娜多姿很好看。

查利是生在美国的欧洲混血演员，母亲是苏格兰人，父亲是意大利人。查利有一对灰绿色的眼睛，惊奇、惊愕时喜欢睁得特别大，让人看见后猛受感染。

查利留着盖耳长发，长发灰金色，得意时查利常往后狠甩自己的长发，或左右摇头，盖耳长发如支撑起来的小雨伞，蓬蓬勃勃，使人幻想到查利脸上的五官有多安全，即使落雨也不怕打湿，再或用右手五指在头发上插几把，留下线条分明的轨道，很有艺术家风度。

查利本人是影视、戏剧两栖演员，当年也是从La MaMa走出去的，在纽约演艺界干了整整11年。

11年的时间忙碌奔波，演艺界竞争的巨大压力令查利透不过气来。查利终于在某一天痛下决心告别喧闹嘈杂的纽约，举家迁到偏远、远到很久才可以看到人家的小镇。那里最令查利动情的是空气清新，静谧安宁，大片树林簇拥着屈指可数的独立楼舍，四季都是风景如画，听查利的描述我想起陶渊明的诗句：采菊东篱下，悠然见南山……

几年后这种清闲宁静的生活，开始让查利觉得单调寂寞，而后甚至有了被深深抛弃的那种失落。查利经常一个人去散步，满山遍野毫无目的地走，走的时候开始前思后想，想以前与现在，现在与将来，想得到的与失去的。

毕竟查利才42岁。浪漫的法国人说什么：四十多岁的女人是最美丽、最有魅力的，主宰这世界上青、中、老年的绅士。那么，四十几岁的男人呢？男人不用美丽，但魅力一定要有。

率领美国踏上20世纪之路，被誉为“人中之龙”的总统Theodore Roosevelt（西奥特·罗斯福）就职时年仅42岁，是美国历史上前所未有的最年轻总统。仅仅42岁，仅仅由于他的当选，美国进行了经济、外交、军事大变革。在“二战”后期，罗斯福还与斯大林，丘吉尔结为反法西斯联盟，成为世界最瞩目的三大巨头。罗斯福威人的目光，坚硬得像花岗岩的下腭和加特林机关枪式的声音，就能把美国人民紧紧地凝聚在他的身后。

四十不惑，40岁承上启下，40岁如日中天、前途宏远，40岁应该不同凡响。

42岁的查利对自己有一个惊人发现，就是不论阅历、修养，乃至对人生命意义的理解都深刻很多。现在的表演不惧任何年龄人物的刻画与塑造，理解会生动深刻很多，演技更加炉火纯青，不同凡响。

查利归隐之后性格确实发生了变化，尤其对周边充满爱心，更爱太太、爱小动物。不再像以前那样遇到不顺心就激动、冲动还有行动，动不动就怒发冲冠、暴跳如雷，抓住太太大吵，拿小动物出气。总之，脾气起来就要立刻释放才能舒服些，心中不能存事，吵后冷战甚至离家出走。

现在的查利变得平和宽容许多，一般的情况可以做到每临大事有静气，查利说："生活不应该太复杂，搞乱的是自己，自己先乱，周边大乱，其实，想想很没意义……"这种日渐成熟的积淀，慢慢地潜移默化成一种幽默，让查理俊朗的外表闪耀出智慧的光彩。

这次来纽约，查利是把自己定为先头部队来找感觉来的。感觉找到找准后，就卖楼收拾东西，带着太太和小动物们从小镇迁回纽约，目前在La MaMa只算小住。大家问查利住在哪儿？查利犹豫一下诡秘地说："暂住在蜜哈二房里。"

"Oh, oh, my God!"不知谁绝望地叫了起来。

查利像元首检阅三军仪仗队般地很有风度地摆摆手说："请安静，只有几天。"

"为什么？"大家穷追不舍地问。

查利说："几天已经够了。太长受不了，身体……"

沉默几秒后，La MaMa每个角落都发出哄堂大笑，而且笑了很久……

查利这么不辞劳苦地折腾，因为生命中暗藏的至今都割舍不断的依旧是演员梦，尤其当查利远离喧嚣的都市，独自面对大自然时，这种感觉愈加强烈……

查利说他尝试做一些其他事情，但都好景不长。开始还觉得新鲜好奇很有兴趣，但新鲜几天后，就再也找不到感觉，再以后就失去知觉了。一个人如果对外面世界完全没有了知觉，混在茫茫人海中，生活如嚼蜡，那种感觉真让人难受，在他生命中最能点燃他激情的就是演戏、当演员。

于是查利又开始前思后想，想以前、现在、未来……

最深刻感受总在沉思默想中自然产生，每日辗转反侧的查利想来想去，什么对自己都没有太多吸引力，最后决定：再入“江湖”。

回来探索一段时间的查利，在纽约终于找回了遗失很久的感觉而且感觉相当好。今天查利高兴地与大家告别，起程上路去接太太和小动物们着手大迁移准备搬回纽约。

几天后，风尘仆仆的蜜哈二问大家，查利是否离开纽约了？

“查利？！查利不是和她住在一起吗，蜜哈二怎么也幽默起来了，”听到蜜哈二问查利的事情，在场的人，吐出舌头，张开嘴大惑不解。

蜜哈二说：“我去华盛顿试戏，刚刚回来……”

“什么？？”难怪这几天没看见蜜哈二，La MaMa显得安静许多，大家突然恍然大悟，蜜哈二原来根本不在纽约去了华盛顿，根本不在La MaMa！呵呵！

查利，厉害，你真应该当演员，重返“江湖”！

莎拉，等你制片

今年19岁的莎拉（Sara）想当制片，这场梦莎拉从小做到大，至今还在云遮雾罩中。

十三四岁的时候，莎拉独身从美国偏远小镇来纽约闯天下，莎拉觉得只有纽约才有可能找到圆梦机会，看来在纽约寻梦的不仅仅有外国人，美国本土也大有人在。

据说光在纽约搞演出、制作的文化机构就有2000至3000家，而且家家好手如林，各路英雄豪杰过五关斩六将才能挤进去。凡被文化机构老板挑中来上班的，不说身怀绝技也是出类拔萃有相当专业水准的。文化机构提供的舒适工作条件与优厚报酬，以及动不动就有机会与明星甚至大明星合作的诱人机会，使得文化机构老板最不怕“人才”外流，怕老板的则是“人才”。

当然做老板除必要的管理艺术、超级资源、人格魅力之外，还要有诱人的福利待遇，如果没有提供以上的条件做诱饵，就算老板多慈悲为怀，多么善解人意，“人才”也得像沙丘建大厦般早晚倒塌，弃老板而去。“人才”不论怎样热爱手上的工作，也不能眼望蓝天白云，吸空气饮露水，为老板做义工。

在这样一个好手如林的行业里，对于刚刚取得大学毕业文凭，实践经验仍是崭新青涩的莎拉来说过于残酷。想在这种机构里摆下一张小小的工作台，拿到一份工作相当困难，纽约的竞争是不论青红皂白的。

不论东西南北中，虽然很难但天无绝人之路。在纽约又提供了另外一种可能：勤工学艺，有些机构会“慷慨”地吸纳一些艺术青年，允许怀有梦想的艺术青年在自己的机构里工作学习，参与一些节目的制作跟着操练，但是不付工资，生存靠自己，条件苛刻照样还会吸引一些没有着落的艺术青年。

坚持这一基本原则的理念是：周瑜打黄盖，一个愿打，一个愿挨。

艺术青年学到本领，文化机构零投入增添力量，时间长短由双方民主协商后，签合同，这样艺术青年、文化机构都认为合情合理，是虚实互补两全其美之策。莎拉经过努力选中了我们朋友的公司，在那里打工。

莎拉在约瑟的音乐剧《悲哀之后》中担任执行剧务工作，她的表现很令大家满意。莎拉谦虚勤力，性格温和，每天日程早早安排好后，再不厌其烦地向各方确认，做事有条不紊。

莎拉有一个非常喜爱她的外婆，远在小镇上的外婆总是惦念她。莎拉从不提自己的父母，她告诉我最多的是她如何爱外婆与外婆如何爱她，好像只有外婆与她相依为命，外婆没有钱但有文化，是个诙谐幽默的老太太，外婆经常打电话给莎拉，我还接过两三次，每次老人总要认真地问：

“你好，请问你是谁啊？”

“我是唱燕。” 我答。

老人立刻像对久违的老朋友一样亲切地说：

“Hi，哈喽！亲爱的‘尝烟’，你好吗？听到你的声音太高兴了。”

我的名字好像永远不会被外国人叫准，这点我早已适应了。在中国时也常被弄错。最初发表作品时名字被变成“品燕”“晶燕”……可能大家不太习惯有“唱”姓这样的事实，收到这些发表出来的作品令我哭笑不得，开始奇怪，逐渐就适应了。

我觉得名字本来就是符号，是一个被识别的称谓，对与错其实就我而言没有太大意义，更不会花时间去纠正他人。在中国都不介意，对文化完全不同的外国人更不必纠缠。

一次，莎拉的外婆又来电话，我们再次像老朋友一样热烈地问候。尽管听得出外婆老人家完全忘记我是谁了，还是继续问候了一番，在维也纳朋友间打电话时，除热烈问候外，首先要问的是昨天参加了什么音乐会，不像香港人毫无客套，直入主题，让最初落港的我极不适应。回到现实，我赶忙上楼找来莎拉听电话，其中有一句话飘进了我的心：

“外婆千万别担心，我现在正想办法挣一点钱，吃的还有一点儿……”

蓦然，我想起莎拉经常不吃饭，无论早点、晚餐只是少许牛奶、饼干、果汁，面包吃得也很少。我以为莎拉在减肥，很多美国女孩子乐于此道，只吃水果、蔬菜、饮料，拒糖、抗肉，很多热量高的食品都不吃、不碰，强制性恶性减肥甚至造成“厌食症”，体力彻底透支时再跑去看医生，我真的以为有点“圆”的莎拉也有此好。

但有个晚上，使我对莎拉的“减肥”有了一点遐想。

那天，我刚煮了很多米饭正准备晚餐，因为突然朋友有事没有来得及用就得出去。开门时，看见拖着疲惫身体回来的莎拉，顺便告诉她不必再煮什么了，有新鲜米饭在厨房她可以吃。

说完就走，很快莎拉追上来问：

“Yan，我可以吃多些米饭吗？”

“当然可以，如果你喜欢！”我说。

“真太谢谢你，Yan！”莎拉由于高兴在我的脸上，强有力地印了左、右两方红唇。

“临睡前吃下那么多淀粉质的米饭，对减肥可没什么好处。”我边擦着脸边想。

处理完事情我很晚才回到La MaMa，等着享用我那用香草、橄榄油煲的私家米饭，毕竟有些饿了。

推开厨房门，我看到煲米饭的钢锅已经被刷洗得干干净净，倒扣在灶台上。

第二天早晨，我正在洗脸，有人从后面环腰抱住我说："Yan，太香了，你的米饭太香了，昨晚我都停不下来，其实我一直都想给你留些，最后不知道为什么都吃光了。Sorry，不过，真太感谢你！"莎拉在我耳边细语道。

后来我才听说莎拉在文化机构打工是无偿的，住在La MaMa虽然不需要交房租，可其他生活费用一定要自筹，自筹不到莎拉只好"节食减肥"，以后，有可能我都会尽力留些食物给莎拉。

莎拉脖子上常挂着一个1.5厘米大小的钢质螺丝母，螺丝母配在莎拉这样一个质朴单纯的女孩子脖子上，虽然不太协调，但让我觉得如同世界巨星索菲亚·罗兰的大嘴，一样自然可爱，有种不可复制的魅力。

其实脖子上戴什么的都有。在欧洲时常见一代"朋克"为显自己青年英武，浑身霸气，脖子上常挂一些令端庄淑女们心惊肉跳、标新立异的饰物，如：链条、钢圈、钢夹子、自行车锁、匕首、一串钥匙还戴指甲刀，甚至掏雪茄的工具……有的还在自己的脖子上任意开垦出各种自己热爱的图案。

总之，脖子是自己的，你想在那个有限的圆柱体上挂什么都没问题，吊水桶也行，主要取决于脖子是否负载的了饰物重量。

一次在香港，我被邀请参加朗诵我的诗的演出。演出前演员们聚在一起共进晚餐，坐在一起的艺术家们虽然初次见面，但不需要“日本式的多多关照的客气礼套”。艺术家们都很随和，好像前世做过邻居般的熟络，自报家门后开始亲切恳谈。忽然，我被斜对面的英国电吉他手的脖子深深吸引住！

“天，将要上场演出的英国电吉他手，脖子上扣着一个红皮银钉项圈，那是专门用来给小狗戴的。前天我刚买了一个送给了我的小狗萨琪。萨琪戴上后非常满意，摇晃了半天大尾巴，但从没有见到有人戴过！”望着电吉他手，我一下找不到感觉。

英国电吉他手发现我对他脖子上的东西产生了兴趣，马上说：

“你喜欢！刚买的，很特别，是吗？”

“对！特别，我的狗也有一个。”我点头肯定地说。

“太好了！”吉他手如遇知音，头发朝后帅气地甩了甩。

我的节目在上半场完成，可以坐下来休息欣赏下半场。下半场第一个节目便是英国电吉他手的演唱。只见吉他手戴着狗项圈，拿着吉他在人们的欢呼中，潇洒地跳上台，将吉他短暂试音后，全情投入大唱起来，歌声如诉如泣，极其感性。

但我的精神却不能集中在英国电吉他手的歌声里，脑海中总是不断翻腾出萨琪戴着红皮银钉的项圈画面，顽皮淘气跳来跳去可爱的样子。再看英国电吉他手脖子上的那个狗项圈，红红的皮带上坠满了银钉，在旋转的灯光下放射出夺目诱人的光彩，像一条流动中美丽的“银河”，“银河”随着音乐节奏的变化似乎也被电吉他手的歌声感动，开心无比地闪耀着，然后又被散碎的光芒照在电吉他手的脖子上，灯光使英国电吉他手的脖子也变得更加生动起来。

这个狗项圈被电吉他手戴上非常有艺术范儿，如果哪位巨星戴上狗项圈或许立刻变成引领当今最潮时尚的先锋，狗项圈让我浮想联翩……

这世界真太大，没有做不到的事情，只有我们有限的思维想不到。我想起，我们住的那个小岛，由于远离市区，居住的上班族的香港人不多，本土住港人没有西方人多，岛上的西方人来自世界各国，职业不同，文化风俗习惯大相径庭。可以常在酷暑难当的盛夏，看到很多西方人汗流浃背，足蹬皮靴厚袜在炎炎烈日下安详悠闲地看报纸，或不急不缓地散步。

有一天中午我返回小岛的时候，正值烈日高阳，温度奇高。我开始发愁怎样才可以走过那条漫漫长堤。忽然眼前一亮，只见一位上身赤膊，下着短裤，但双脚却穿着一对白塑料底，沿黑色人造革边儿的五眼儿棉鞋先生。

五眼儿棉鞋让我亲切了好一阵，那一定是中国生产的，我相信。中国"文革"时这种棉鞋很是风靡了好多年，全民上下都穿，我也穿过。五眼儿棉鞋经济、实惠又暖和，帮我抵御过几度寒冷料峭的严冬。

那天，小岛天气热得有些发狂，而且潮湿非常，五眼儿棉鞋先生除了棉鞋没冒汗，全身犹如做完桑那浴般，汗水不断地从皮肤下猛冒，四面八方涌出的大粒大粒汗珠，肆无忌惮地到处涌流。

五眼儿棉鞋先生的金色长发粘连在一起，一绺一绺无力地倒塌下来，像刚掏出来新鲜的南瓜瓤子胡乱地披在脑壳上。为了消渴，五眼儿棉鞋先生左右开弓，拿着几罐冰镇啤酒不停地喝，肩上网兜里还背了几罐。冰镇的啤酒再也耐不住高温拥抱，争先恐后地从铝罐的缝隙中往外淌，啤酒罐泪流满面地往地上直淌水。

“这是为什么？如果脱去棉鞋换成拖鞋不但凉快，还可以省去更多啤酒。”我跟在五眼儿棉鞋先生的后面琢磨起来。怀着好奇心，我悄悄地绕到五眼儿棉鞋先生旁边仔细观察。只见五眼棉鞋先生的表情：极其舒泰安详，享受无比，一副我自天外来，不问地球事的悠闲样子。五眼儿棉鞋先生如此的沉着安静，深深地震撼了我，恍然中我觉得，自己刚刚的想法是那么的浅薄，甚至可笑。

这世界人与人、人与动物、人与大自然，其实应该更宽善、宽爱、宽松、宽和，不必立限太多。人只要自己想做什么又不妨碍他人，不影响社会安定，不破坏大自然生态平衡，有理由可以随心所欲。人往往走不出去那个圆，画地为牢的常常又是——自己。

彼此间，如果能更多些给予，多些沟通，多些关爱（当然不乱爱），世界只会变大不会缩小，而你的心也会更加透明、更加清澈、更加纯净。如果少些愤怒抱怨，多些理解关照，轻轻地把手里的蜡烛点燃，哪怕，光亮弱小，那么积少成多，这世界就会更加光亮、更加温暖、更加明媚……不是吗？

莎拉年纪不大但做事沉稳有序，分寸不乱。每天背着一个大背囊，内存量相当于一个小办公室的物件去上班。每次排练，莎拉都早早来到排练场地，做好各项准备，让所有的人踏实舒服。排练开始时莎拉会静静地坐在一旁，往那个里面密密麻麻写满了字的黑皮笔记大本上，再添内容。

莎拉除做剧务外，还兼职关爱La MaMa属于共有的一只15岁的虎皮老猫。老猫是位“美人”，现在依旧很美，当年更是风光无限，一对绿宝石般的大眼至今风韵犹存。唯一遗憾的是虎皮老猫年纪太大，今年已经15岁，肠胃功能相当差，经常呕吐加失禁。

莎拉总是及时默默地清理干净那些污秽粪便，有时正在用餐看到虎皮老猫崭新粪便，也立即清理，令老猫和大家都很感动。虎皮老经常在众目睽睽下亲吻莎拉，舔脸还有手，老猫每天要服3至5次药，莎拉准时喂药从不耽误。若人在外面赶不回来，就打电话来请大家帮助喂老猫，如果莎拉在外面时间过长，还要来个电话询问虎皮老猫的状况。

有一次，莎拉带虎皮老猫看医生，医生极负责本着救死扶伤精神，要给老猫做大手术，但开价不含糊，一下要500美元，这笔钱够莎拉一个月的餐费加交通。莎拉吓得半天没反应过来，反应过来后提着老猫赶快跑回La MaMa。时不我待，往越南打电话，向La MaMa与老猫主人Stewart女士请示。

无奈美国越南时差七八个小时，莎拉决心一定找到，连续不断地往越南打电话，因为虎皮老猫病得很厉害，眼睛都睁不开，一副生命垂危的到尽头的样子，莎拉焦急万分。

第二天清晨，莎拉揉着充满血丝的眼睛告诉我：

“Yan，我太幸运了！终于找到Stewart女士，她已经同意付手术费，但要医生保证一定不能再超过500美元这个数，上次也说500美元，手术动起来又要加。现在我就去找医生。”莎拉着急地说。

“太好了，祝贺你！”昨晚莎拉一定没休息好。望着莎拉苍白、憔悴、疲惫不堪的脸，我连忙点着头说。

在La MaMa的日子里和莎拉成了好朋友。莎拉说，她希望有一天，能存够钱来香港看我。为了那一天，我耐心地等待着，我除了翘首以待那一天早日到来，张开双臂迎接遥远的莎拉外，我还要从现在开始为莎拉由衷地祈祷：

“愿你莎拉，再重逢时……真正过把制片瘾。”

中国功夫倾倒了哥伦比亚舞蹈家

中国的功夫不仅倾倒了中国人，也倾倒了无数的外国人。哥伦比亚的舞蹈家菲德瑞克就是被倾倒得最彻底的一个，倾倒得简直五体投地！

菲德瑞克崇拜中国功夫由来已久，据说看过最高级的“功夫”是在哥伦比亚艺术节里的中国京剧的武打，菲德瑞克至今刻骨铭心，念念不忘，尽管少林功夫与京剧中武打相差颇远，菲德瑞克却始终记忆犹新。

武打是中国戏曲表演的手段，借助演员舞台上徒手对打，或刀枪剑戟来衬托戏剧人物故事发展，阴阳、虚实、动静、刚柔把戏剧不断推向高潮，很多戏都是在精彩的武打高潮中落下帷幕。武术，不但可以赤手空拳搏击，还能飞檐走壁、刀枪棍棒、铁锤木桶、火球钢链，应有尽有，什么器械都能派上用场。武术中有各种流派，风格不同套路也不同，武功、气功、隐身术、悬浮特技等等。武术是中华文化之瑰宝，以有形之技艺，达无形之道，具有深厚非常的哲学思辨。

菲德瑞克听我粗略介绍后，更加崇仰中国武功。应该说是被京剧里武打倾倒了，仰慕中国功夫的菲德瑞克对于中国武术所蕴含深邃的哲学、文化，比武打更加令他向往，充满了由衷敬意。

但，菲德瑞克无论如何也弄不清楚的是，用刀枪剑戟打得难解难分的戏剧里的中国功夫只要一收架子，走起来，脚底竟像装了滑轮一样，可以在台上随心所欲，飘来飘去，而且戏剧艺术家们穿着复杂厚重的华丽美艳的戏服还不轻，不像跳舞服装那么简单，菲德瑞克认为这简直不可置信，真是："太美，太令人兴奋了……"

菲德瑞克在哥伦比亚拥有一间自己的舞蹈演出公司，相当活跃。但菲德瑞克不肯花时间过问公司里的琐碎事物，特邀朋友来打理，事无巨细，朋友可以自己拍板决定。菲德瑞克认为信任是美德，自己却如独行侠般全世界到处跑，全力以赴投到舞蹈的创作与演出中。

这次来La MaMa，菲德瑞克是为一部新舞剧搞编导的，而且菲德瑞克决定花大力气去想，如何让东西方艺术结合，尝试在他的舞蹈创作中也揉进一些中国功夫。考虑成熟后菲德瑞克将自己的心愿向善解人意的约瑟倾吐，让约瑟从美国往香港打电话给就要启程的我，带一些中国功夫的资料来纽约。

临行前的我，一直工作到半夜3点多才处理完要处理的事情，刚刚放平身体睡着，这些天很紧张忙得昏天倒地，一躺下如同昏厥，立刻沉入大海般深入睡去……

忽然电话铃骤然响起，划破万籁俱寂的夜空，约瑟打来越洋电话，话筒里传来约瑟悠缓的声音："菲德瑞克热爱中国功夫，很希望得到有关中国功夫的介绍。请尽力多带有关中国功夫的文件来纽约……"接下来又仔细叮嘱我一定休息好，保证充足睡眠，两天后他将出现在肯尼迪机场迎接我。

"？！谁？谁是菲德瑞克？哪方神圣？"我茫然不知。

打开灯一看表，清晨5:10。离我要搭乘8:00出海的大船开出，仅剩下2小时50分，时间紧迫，事发突然，大脑一片空白，我根本想不起来哪里有关于中国功夫的文件，顿时睡意全无。我坐在床上慢慢回忆起三年前少林功夫代表团访港演出时，团长先生好像送给了我们几本画册，但这么长时间过去，哪里还记得放在什么地方？

找！立刻找，既然答应了约瑟，约瑟一定也答应他人，言出即做，我一定要把关于中国功夫的文件找出来。

于是睡意全无，迅速翻身落地。我的决心令忠心耿耿、一直守卫在身旁还没睡着警醒着的萨琪欢快起来，呼地一跃而起。

我们两个如快速旋转的陀螺紧张地在家中展开搜索，翻箱倒柜打开所有可以放书的地方，搜遍每一个放书的角落，很快，家里被翻得一片狼藉，找啊找，找啊找，连热心的萨琪也抽动着小鼻头像功勋警犬到处猛闻，我们互相鼓励着，看来都很有信心。紧张细致的搜寻持续了很久，很久，由于信心十足没有放弃，终于在装满五线谱的纸箱里找到……

当最后时刻，我背着行李从山顶冲下来向已收锚解缆，就要启程的大船冲刺时（船，绝不能误，否则我将赶不上飞机），头冒热气如刚蒸熟的海鲜。尽管是在冬季，汗水不由自主地往下淌，衣服全部湿透，心脏似乎领先一步地跳进了蓝色海洋，脑袋里空空如也。我艰难地拖着毫无知觉的身体努力向前奔跑，每向前奔跑一步，对我来说如拼命。

到了纽约，当我把中国功夫的文件——少林功夫画册交给菲德瑞克时，觉得自己的头还有点儿晕。菲德瑞克大概觉得这些少林功夫画册太重要了，顿时分腿跪膝低头伸出右手，给我来了个西班牙斗牛式的大礼。等菲德瑞克慢慢地抬起上身，我才发现眼前这位哥伦比亚的中国功夫热爱者竟是这样的娇小玲珑。

位于南美洲西半部的哥伦比亚原属西班牙殖民地， 1819年独立，讲西班牙语。住着一半以上的欧印混血人，剩下依次为白人、黑白混血人、黑人、印第安人及其他人。

菲德瑞克长着一张典型的欧印混血的脸，眼大眉粗，浅棕皮肤，乌黑油亮的长发，配上短小精干的四肢，让人觉得相当精致。菲德瑞克由于长期接受舞蹈基本功专业训练，两只小脚习惯自动分开160度左右，上身肩腰形成完美流线，小腿笔直，和他讲话时，想驼背也会立刻自然挺拔起来，菲德瑞克走起路来颇显风度，专业舞蹈家的气质不容置疑，稍有遗憾，如身体比例再放大些，将会更加完美。

开始打开中国少林功夫画册是最庄严神圣的时刻，犹如意大利黑手党的盛大婚礼，似乎不该在La MaMa而应该去市中心教堂举行，甚至需要配上管风琴唱诗班的伴奏伴唱，才可以将气氛烘托起来。

只见菲德瑞克先生接过画册，轻轻地放在桌子上，眼睛慢慢关上闭紧，双手合十沉默片刻，然后再松开眼皮小心翼翼地翻开少林功夫的画册。站在一旁的我，觉得此时此刻菲德瑞克的表情不像看书，倒像正在拆掉雷管紧张万分的拆弹专家。

不出一会儿，埋进画册里的菲德瑞克先生有了反应，爆发出一连串不可抑制的，“Oh, my God! My God! My God!”

随着画册中少林功夫高难惊险动作画面的层出不穷，菲德瑞克先生的惊叹与欢呼一浪高过一浪，表情更是夸张，棕色眼球被骨碌碌地翻得无影无踪，只剩下孤独的眼白。

那些高山之巅断崖边，头顶倒立，二指禅，悬梁吊颈，舌舔火铲，五车分体，银枪刺喉……充满感官刺激的画面，远远地超越了菲德瑞克的心理承受能力与形象思维。菲德瑞克万万没有想到中国的功夫如此不可思议，每一页画面对菲德瑞克都是不小的刺激。

菲德瑞克如此强烈的亢奋反应是我始料不及的，我开始问自己是否有必要在菲德瑞克先生打开书前，先做点心理暗示，或许菲德瑞克先生就不致这么激动了。菲德瑞克先生打开合上，再打开，起来坐下，坐下起来，反反复复……

看完画册，菲德瑞克先生起身向前跨出一步，做了个类似骑马蹲裆式的动作，然后左手托住右肘，狠劲儿左右劈了几下，爆发出惊人一喝：哈！

菲德瑞克先生合上书沉默一会儿表情严肃地问：中国的少林寺到底在哪儿？有没有英文教练？有没有哥伦比亚的人去学过？……我尽我所知道的逐一做了回答，像类似第三个问题，便无可奉告，菲德瑞克先生似乎很满意，深沉地点了点头，陷入思索。

以后只要我在La MaMa,，菲得瑞克与我研讨的全部话题就是：少林功夫。

每当说起少林功夫菲德瑞克立即端起架子，拉那个类似骑马蹲裆式的动作，帮助自己进入状态，这样人顿时显得神气了很多，看着菲得瑞克感觉如此良好，让我想起维也纳街上身着头冲下倒写汉字“少林功夫”字样的欧洲青年。

好朋友科尔毕察（奥地利著名的吉他演奏家，曾访华演出过）举办生日Party。一位从德国来的朋友，西裤吊带上写有中国汉字，朋友说，听说有中国朋友在，今天特地穿来给我看看，并问：

“Yan，这上面写的是什么？写得好不好？”

“很好！写的是少林功夫，只是汉字全写反了。” 我有点遗憾地说。

“嗷，嗷，嗷嗷，这不重要！这里没有人看得懂，只要是中国字就行！”朋友双手摆了摆，大度非常地笑了笑。

朋友的话使我如遇知音。

生活中有时真不需要太认真，穷追猛打的认真只会令人烦恼不尽，爱人也成了犯人，好友间结实的友谊不复存在，反目成仇，如能后退一步除海阔天空，自己心旷神怡外，他人也会轻松愉快，生活变得有趣许多。你会发现宽恕，使自己变得平和、超然。由于你的谅解，一切将变得顺畅美好起来，这是你所能给予爱人、朋友们的最好的馈赠。

记得在维也纳时，一天做中国饭请朋友们来品尝，因为朋友们中很多是中国饭热爱者，那一餐我用心准备了很久，因为每次都有创新私家菜，朋友们非常喜欢，他们觉得比奥地利的中餐馆好吃太多。

每次来参加聚会，很多朋友自主自动带来容器，装吃剩下的中国饭菜，有时所剩无几，剩下的菜汤也带走，我看到后很感动，告诉自己下次再多做些，下次尽管饭菜都加了量，吃到最后依旧所剩无几。其实，做完中国大餐我基本都不吃，看到这些金发碧眼、异国他乡的朋友大快朵颐，心中十分满足。

那次又是周末，朋友相约来我家团聚。下午家中渐入佳境，鲜花、烛光、低回的音乐，擦得发光的精美的银烛台，烫得平整雪白的餐台布，打开奥地利出品的红酒散发着阵阵醇香，还有正在冷冻中我最爱的白葡萄酒，温度被我控制在4—7度间，口感清洌，气味更好。氛围温馨、温暖，浪漫非常，但是非常遗憾的是，这次中国大餐却吃得索然无味，主要原因在我。

中国大餐吃到快进入高潮时，朋友们要我讲讲“中国”，不知道为什么我突然冒出一句：

“德文中的‘胖’与‘肥’，词义有什么区别？”

我的问题刚讲完，餐台上像吹起号角，瞬间变成论坛，马拉松辩论开始。一方是我的汉语学生咨询公司老板阿玛博士，一方是好朋友化学教授阿地博士。因为问题观点并不对立，没有正误、对错，只是看似相近而又不同罢了，但辩论还是不可遏制地展开。

阿玛与阿地立即拨上火，旁征博引力图将“肥”与“胖”的德文，阐释得精准、清晰、透彻，于是层层深入，梯进展开，从德文跳到英文，然后又用法文、拉丁文进行补充，抽丝拨茧深入浅出，两人不断地从餐台站起，走到书柜上取来字典查看，补充自己论点与完善各自论据，彼此互不满意对方的解释，一路向前，再向前深辩。

阿、阿两位博士，争得面红耳赤，尤其阿地博士思辨反应相当迅速，快得连夹起的锅贴都来不及咀嚼，整个吞下，并一气呵成连吞几个。我有点紧张，担心阿地先生的胃能否消化，毕竟锅贴皮经过煎烤还是比较硬的。

无法弥补的是阿、阿二人同样通晓以几国语言，棋逢对手不相上下。在奥地利，有文化的人们会几门外语是平常事。我的奥地利姑姑作家朗艾能说七八种语言，当时令刚从中国出来的我的确吃惊不小。

朗艾姑姑可以用纯熟的法语与她的儿媳聊天，但却说她自己的法语不如意大利和西班牙语说的流利。她是用英文写作的，母语又是德语，后来她跟维也纳汉学院的院长学了中文，前两年换了个佣人来自波兰，朗艾姑姑又学起了波兰话，能照波兰文的烹调书烤点心了。

我常想如果哪天，朗艾姑姑心血来潮，飞到埃塞俄比亚请位花匠来，那么，朗艾姑姑还可以学习非洲语言呢？八十几岁朗艾姑姑孜孜不倦的刻苦精神，除了让我惊奇，还让我在遥远的欧洲，见证了毛主席的题词：“好好学习，天天向上”，学海无涯是世界性的。

听阿、阿二位博士变化多端的各国语言交替论证，如坠五里云雾中最弄不明白的其实是我。坦率地说，高深到了这种地步我完全听不懂他们在说什么，脑袋嗡嗡作响，侧头一看约瑟，脸上挂着安详的微笑，头部左右甩动，如看一场扣人心弦的激烈桌球比赛般地投入。

滔滔不绝的辩论一路继续发展下去，烧好了的菜肴凉了又热，端上来又下去，我的思绪慢慢地从眼前的维也纳餐台飞回了遥远的东方，飞回了我的童年。一股意识流使我想起小时候王妈（我最爱的老保姆）常拍着我的头，对我说的一句话：“你这小孩子，咋那多话哩？” "

真懊悔，这场中国大餐搞成如此这般，我不知道，我是否该问德文的“肥”与“胖”区别，尤其是在吃饭的时候……

菲德瑞克先生是舞蹈演员，小脑果真是发达，模仿也迅速，没用多少天，菲德瑞克已将那个骑马蹲裆式动作弄得相当标准。当菲德瑞克煮咖啡、烤面包时，时不时趁人不备，出其不意会来个骑马蹲裆式，看上去很投入，LA MaMa的艺术家们最初对菲德瑞克先生新添的这个举动有点意外，后来习以为常。

从此，骑马蹲裆式成了哥伦比亚舞蹈家菲德瑞克先生的标志，如同喜剧大师卓别林嘴巴上的小胡子。菲德瑞克很钟爱自己模仿来的这一骑马蹲裆式，认为是中国少林功夫中最经典的动作。我想，或许菲德瑞克先生将这一动作与伟大的西班牙斗牛里的丁字步媲美，要不然练的时候，为什么菲德瑞克表情会那样的庄严。

我离开La MaMa时，菲德瑞克非常认真地找到我， 要求我务必再多找些少林功夫的画册寄给他，反复叮咛我尽力地多找，多多益善。菲德瑞克问我什么时候少林寺能来哥伦比亚访问演出一定告诉他，我当即说非常遗憾，我帮不了他，因为我自己根本不会知道少林寺什么时候出访，出访到哪里，我不是他们的代理人。但菲德瑞克并不介意，仍坚持留下了他的电话与通讯地址给我。

菲德瑞克信心满怀地相信：总有一天，会在他的舞蹈表演与创作里出现真正的中国少林功夫，甚至和那个钟爱的骑马蹲裆式，愿菲德瑞克先生早日心想事成。

艺术，土耳其人类学博士一生的钟情

西珊在美国获得人类学博士后，并没有衣锦还乡返回土耳其，反而在纽约彻底变成了零，这令故乡很多人遗憾，令父母痛心疾首。关心西珊的人们觉得：西珊一定哪儿出了问题，要不……

读书到底为什么？

读书难道是游戏？谁都可以玩？为学到知识，这显然是被浸润出光泽后的平面解释。其实读书，尤其读完博士后高大形象里隐含有着相当现实主义的色彩，渴望学到知识的人得到一纸文凭认可，因为拥有高学历，这种学历，会带来妙不可言的社会与实惠经济的效应，而人的价值也会随着学历的到来而迁升。

西珊是家里的长女。从小学习优秀，是绝对“学霸”那种，父母看在眼里盘算在心，最后决定让“学霸”西珊优秀到底，走向国际，将西珊从土耳其直接送到美国去读书。

在那时候的土耳其，能送子女越洋读书的寥寥无几。这对于近乎平民的西珊父母来说，为了给西珊攒足留学的费用，全靠节衣缩食、省吃俭用，如虎口拔牙般甚至冒险寻找每笔钱。当然，西珊也在课外做些散工自救，但不管怎样说，读博士的道路是艰辛的，这种艰辛的付出是双重的，无论对西珊还是对西珊的父母。

人类学在土耳其是冷门专业，可找到一份工作与获得一份优厚的报酬，对已经是博士的西珊来说如探囊中取物般轻而易举。读博士的人很少，读人类学博士的人就更少，女性人类学博士几乎是零，一位女性能读到博士而且还是人类学博士是多么孤寡稀缺。

西珊的父母咬牙坚持着，也是因为有一种深深希望蕴藏在心底，这种希望像春天里悄然复苏的万物，总有一天可以听到唰、唰生长的节奏，而自大洋彼岸不断传来西珊读书优秀的消息，如同强力化肥撒在这片希望的田野上，撒在西珊父母的心田里，催生蹿长的希望，明白无误地寓示着：丰收在即，就等开镰！

天下的父母不论种族、肤色、语言、风俗，都非常喜欢将自己的希望一厢情愿地寄予下一代人身上。新一代的出生，就是父母梦想的启示，把自己未能达到的彼岸，让自己的孩子去达到，这种热盼随着时光的老去温度丝毫未减，像非洲情人等待梦中走来的娇羞的东方天使一样，遥远又模糊，朦朦胧胧。

天下的父母不论贫富、高低，自己成功与不成功，都真诚期待自己的子女学有所成，成人成事、成才成功。于是，成功后的子女在涌来的鲜花与掌声中，衣锦还乡，像酋长一样威武无比，甚至还有点心不在焉地接受臣民们对他的欢呼，而夹在人群中父母的欢呼最嘹亮、最卖力，笑得也最敞亮，全是发自肺腑。

父母终于挨到了这一天，看到光鲜的孩子，感动得常常泣涕涟涟。有时，父母这种强烈的激动情绪与成功的孩子相比，显得有点卑琐、低微。

以后的漫长岁月里，父母在成功的子女面前心甘情愿地忍受着成功子女的颐指气使，像仆人样战战兢兢地接受呵斥训导，享受着被“成功”子女虐待的快感。成功的子女们不再是父母卵翼下的鸡鸭宝宝，而摇身变成了养鸡场的老板。

西珊的父母不同，在遥遥的企盼里还没有等到欢呼自己女儿的凯旋，西珊就擅自宣布：放弃取得的令人羡慕的学位地位，而今迈步从头跃——当艺术家！这无疑如文章开始所说，除令懂西珊的挚爱亲朋惊愕不已百思不得其解外，西珊的父母几乎不敢相信这一事实真的会发生在寄托着家庭、家族厚望的长女西珊身上。

西珊有西珊的思考。西珊说自己从小勤奋，听父母话，爱读书，一直读到获得各个学位，都是为父母。生活就是照着父母的愿望去生长，因父母最大的希望是让西珊读书，出人头地 。现已读完最高学位，等于帮助父母实现了他们的梦，等于因果补偿。其实西珊心底里一直在做自己的艺术梦。遗憾的是，老实巴交甚至有些迟钝的父母竟然无法察觉深藏不露的女儿的内心感受。

西珊勤奋读书的同时还喜欢幻想，想那些美妙浪漫的东西，这就是西珊早期的艺术梦。西珊崇仰艺术、艺术家，希望有一天自己能身体力行试一试。这种潜意识随着年龄的增长不断鲜活、坚定起来，终于，西珊发现不能再自欺欺人了，于是挺身而出宣布这一轰动的决定。西珊的决定如同在深夜熟睡的人们床下引爆一枚炸弹，让人措手不及，猝不及防。

其实西珊知道自己的决定会伤父母心，而且伤得很深。但西珊觉得再不清晰表明自己的决定，心体异化地假装生活下去，自己会变成刽子手，像母亲杀死自己的婴儿一样，不断地扼杀日益生长起来的艺术梦想。自己如同演员般在生活里扮演两个不同角色，对父母、对自己是一种双重的虚伪。

西珊告诉我，这样的后果会令她变疯，说完西珊立即将自己的舌头伸出来，血红色，让人觉得手脚冰凉冷飕飕的。

对自己的选择，西珊内心也是痛苦的。因为西珊太爱她的父母，西珊已经三年没回家了，她不敢看父母的那两双眼睛，西珊明白自己对父母的伤害有多深，人说眼睛是心灵的窗口，西珊不用通过窗口就知道自己父母心里想什么，她不能想象父母听到她的决定时的表情，她是那样地熟悉他们，思念他们。

苦守纽约的西珊将精神变物质。这次妹妹来纽约，除抽时间为妹妹做那种土耳其人爱吃的用新鲜蘑菇、火腿肠、奶酪、鸡蛋搅在一起摊成饼样的早餐，大部分时间西珊都领着妹妹去外面餐馆吃饭。只要妹妹喜欢，西珊有求必应，怎样都行，好像西珊领着的不仅仅是妹妹还有年迈的父母。

采购是西珊另外一个主要节目。西珊买来了很多东西送给遥远的父母,这对清贫的西珊来说一定是笔不小的开支。只有这样西珊才能得以安慰，得到一种心灵上的补偿。

在La MaMa画廊，西珊找到一份做收发的工作，收入微薄。不过住在La MaMa不用交房租可以省去一些钱。西珊和妹妹一样漂亮、热情，有激情，但比妹妹显得有力量，有领导管理的天赋，属于果断决策、善做领导的那种人才。

西珊是La MaMa里的“国务卿”。事无巨细，样样操心，将La MaMa管理得井井有条，很多地方贴有西珊写和画的字条，提醒大家注意卫生，注意安全，不要乱扔烟头引发火灾。麦克就是最不注意卫生的那种人，对西珊精心制作的警句名言充耳不闻、视而不见，照样破坏卫生，令西珊常唉声叹气，所以才将麦克轰走。

坦率地说，La MaMa的艺术家们真够让西珊操心的，比较统一的共性是大家都健忘。西珊经常奋不顾身地冲出来，抢救快烧干的水，烤煳的面包，重新刷没洗净的餐具。

一次我在厨房里像西珊一样将未洗净的餐具、灶台彻底大洗了一遍，正好被西珊看见。西珊立刻按住我的双手说：

“Yan，别管它们，让我来！”语气坚定到不容商量，表情也相当认真。

由此，我可以感受到西珊这位“国务卿”不仅说说而已，而是身体力行……

西珊对 La MaMa 很有感情。哪里有问题西珊就像训练有素的消防员一样赶到，刻不容缓。La MaMa 的楼已经旧了老了，但还在为艺术家们苦苦支撑着，纽约落雨，La MaMa 就流泪，走廊、客厅、厨房到处摆满了五颜六色的塑料桶、盆，接那些不情愿来 La MaMa 做客的雨滴水柱。

有一天，不知是谁将一大桶乌黑的雨水踢翻，客厅里的地毯湿了一大片。西珊找来清洁剂用心用力地连刷带擦，好半天才弄好。西珊长长舒了一口气，刚伸直腰拿着拖把转身离开时，从外面闯进来习惯仰头走路的艾肯门，顺脚又将另一桶雨水踢翻，不善辞令的艾肯门除了束手无策只有瞪眼，搓手，反复喊：“I'm sorry, I'm sorry...”，围着不断扩大再次弄脏弄湿的地毯歉疚地来回踱步。

反应机敏的西珊迅速回头，只听到一声撕心裂肺的：

“上帝！你都干了些什么啊，啊……”

每天大家散去后，西珊将餐台上散乱的餐具重新整理放好，然后坐下来读书。我一直不知道西珊住在La MaMa的那间房子。临走的那个夜晚，西珊热情地跑回自己的住处找礼物送我，我才看见西珊的卧房。说卧房不如说是书房。有限的空间铺天盖地全是书，地下、桌上、柜子、床身、窗台，连挂着的外衣口袋里还插着书，凡有面积的地方就有书。

半夜归来的我和约瑟，常看到挑灯夜读的西珊，而此时整个纽约早已进入梦乡。西珊告诉我，她从十几岁开始没有在三四点以前睡过觉。她喜欢夜读，先读专业内必读的书，然后再读课外的文艺作品，西珊常常被文艺作品感动得爱不释手到天明，望着西珊黑黑的眼圈，我有理由相信。

西珊的艺术梦是想当演员与写剧本，西珊说已经演出了几出小戏，剧本也写了几个。写剧本我外行，不能妄加评论，但毫不否认西珊勤奋刻苦至极，而我却有些替西珊担心。

参与竞争需要勇气，但仅仅凭勇气与勤奋刻苦，就像肩扛小锄摇摇晃晃，走在独木桥上葬花的林妹妹一样弱不禁风。不管演戏还是写作的竞争，在纽约都是相当真实，甚至是残酷的，这是一场全方位的搏杀。

参与搏杀的任何人必须具有个性形象、气质不凡、智慧才华，都要出众超群，还要加上特别的机会，否则失败是那么普通平常。戏可以演，演好演成功如赤手空拳攀登悬崖峭壁，不是没可能，但极难。专业出身的蜜哈二都觅不到一席之地，更何况完全业余的西珊。写剧本当作家，这条路又窄又长，向往当作家的人们不是上不了路，就是走不到底，真正能坐家安心写作的人少之又少。

在西方除大牌写手有经纪人或专栏作家签了约以后拿到稿费，生活可以相对稳定。一般来说作家没有人养，人们可以养花、养草、养房、养宠物、养情人、养飞机游艇，但无人养作家。

想起在中国写字的时候，我喜欢动笔之前什么都不做，身心放松然后冲上一小壶茉莉花茶，由着清新淡雅的茉莉花四处飘香弥漫满室，然后慢慢地、缓缓地迷失自己，像是一种深深地陷入，陷进不必再理会自己与他人的虚幻中。

这种漫不经心、悠闲懒散的底气，是不必为果腹饥渴而走神，文工团每月都会有虽不多但够用的工资……来到维也纳第一个月的第四天，才恍然发现，在西方没人给你薪酬，我是我自己的出粮人！

我有个汉语学生凯温是位英国作家，他筹划着写本书。苦想良久，构思如佳酿发酵不知不觉用去一年时间，待构思完全成熟后凯温突然发现原来经费比构思还重要。

于是凯温重新调整策略全力以赴寻找投资者，像丘比特射出爱神之箭一连发出200多封信，等待着赞助商出现。这其中要像老翁垂钓般有诚心、耐心、恒心、静心，尽管凯温心急如焚，但还得沉住气，不露声色，煎熬挨过一段时间后，才开始给自己蓄谋已久的想象中的赞助商们挂电话，试探对方的反应。

如对方流露出有意考虑，凯温马上约定时间，再将自己打扮得十分得体，尤其要将络腮胡子仔细梳好，身高1.95米打扮好的凯温，很有风度，不像找赞助的作家，倒有点像试镜头的演员，单刀赴会去见不同的有兴趣的赞助商。如不成功的话，出去时的凯温与归来后的凯温判若两人，凯温常为寻找赞助商劳心操神，痛苦得龇牙咧嘴。

什么是作家？什么是专业作家？它的意义界定是相当模糊的。

像《麦田守望者》的作者赛格林那样不动声色一举成名，像女作家艾米莉·勃朗特积一生心血的思考，按捺不住对装腔作势文明社会的狂怒，把人最本质炽热而受压抑的性欲，以及人类中最卑劣的嫉恨、残虐，一气呵成写出了《呼啸山庄》，成为几代人的偶像，如此，由发端一步到位至顶点的作品、作家，整个世界古往今来实在寥寥无几。

西珊妹妹离开纽约的那个下午，落下了瘦瘦小雨。

原说好要为她送行的，因为被朋友请去看千载难逢（朋友语）的世界著名画家作品在纽约现代美术博物馆的巡展，耽误了时间。

名画巡展里有我深爱的梵高（Vincent van Gogh）作品。我一直为梵高的惨烈独特经历而感动，也为梵高的惊世骇俗作品而震撼……这个酷爱阳光与葵花，被阿色人称为“疯子画家”的梵高，每天蓬头垢面，肩扛画架背着油布，冒着热带毒热骄阳烈日，顶着被高温烤焦所剩无几，直到彻底烤秃光光的头，义无反顾全然不理别人投来诧异愤怒的目光，坐在田野里千描万画他的世界，他的麦浪，他的向日葵。爱梵·高与他的花至骨髓里。

那把插在土陶罐里毫无拘束的向日葵早已不再是作为植物存在的静物写生，而是蹿跃成如马赛行曲般，红透半边天的熊熊烈焰。

我常想，在世的梵高一定孤独寂寞至极，无人能懂他，从他那野性怪诞，稚拙粗狂的构图、着色里，我感受到一种至真、至善、至诚的心灵呼唤。

梵高生前作品几乎无人问津，生活常常食不果腹，死后成为世人模仿复制最多的作品，拍卖成交价格最高的画圣。而今，人们对梵高的作品如宗教般膜拜，梵高自己都不会想到自己肉体离去，作品却大放异彩，尤其价格日益扶摇直上云端。

或许知道一些关于梵高的经历，所以他的作品让我特别偏爱，我尤其喜欢他的那《星光夜》（*The Starry Night*），但从没未见过真品。我期盼着有一天能亲眼看到它，当我终于有机会走进这幅以蓝色为主调的油画前，一种强大的磁力，不可抗拒地紧紧地吸住我，仿佛一下子让我走进了梵高的生命，我希望解读这位令我倾慕太久的生命里的密码，顿时我浮想联翩，不忍离去，所以用去了不少时间。

当约瑟拉着我拼力往回赶的时候，在马路上巧遇到了西珊和她的丈夫艾肯门。每人满载而赶路，西珊戴着一顶旧棉帽子，两只帽翅上下翻飞，身着仔裤球鞋，肩背手提像小山一样的大包裹，压在西珊的消瘦肩膀上，后面看去像两根柴支着一块豆腐，随时会有压塌的可能。

和西珊妹妹紧紧拥抱后，她也跑回来再一次和我拥抱，我的鼻子突然有点发酸。不知道，这种伤感为了10天里在La MaMa与西珊妹妹结下的友谊，还是为了在奋斗中坚韧的西珊？

总之，那天感觉很特别。

La MaMa被夷为平地，但艺术梦想依旧

在纽约的日子是紧张繁忙的，归来La MaMa时常夜半更漏，在那里，生活的每一天如大片，目不暇接，东西南北多元文化艺术的交相辉映，令每一寸光阴新鲜活泼，忙碌中并没有想到要写些什么。

当飞机载着我冲上太平洋万里云海，机舱里空荡荡的，我一

人占据了三个座位。原想放松身心好好休息一下，谁知事与愿违，或许机舱里太空荡了，心变得静谧如湖，思绪引领我回到了之前，回到了难以舍离的La MaMa。

忽然La MaMa的艺术家们划开平静的湖面缓缓地向我驶来，望着这些天涯海角怀抱艺术梦想的他们，使我产生一种欲望，一种强烈得无法搁置，要立即动手写他们的欲望，因为他们是来自世界上那么独特的一个群体，也因为La MaMa在不久的将来就要被拆除，消失在这个地球上。

4 月，1997 年的第四个月，随着推土机的轰鸣，La MaMa 将被推倒重新翻建。

人们说La MaMa太老旧、太破，甚至风雨飘摇就要倒塌了，像一个步履蹒跚、跌跌撞撞走进黄昏落日的老人。是的，我记得，La MaMa早已青春不再，她只是强力地支撑着自己不要过于太匆忙，走完那条留下无穷尽回忆的小路，还要用自己残存的体温来尽力遮风挡雨中护住怀里那些投奔他来的艺术孩子们，虽然，虽然，那条小路毫无疑问已望到尽头……

我相信翻盖后的La MaMa一定比现在气派堂皇许多，对繁华的都市美国首都纽约来说，只是在它气派堂皇之上又添了个小小饰品，不会有很多人留意并因此而兴奋。而我、我们却因为失去La MaMa而由衷地失落。

据说，新建的La MaMa要进行商业运作，决定不再免费收留任何艺术家，从此再没有一个像摇篮一样温柔，像朋友一样温情，像家庭一样温馨，像母亲一样温暖，敞开胸襟庇护着来自世界上不同角落艺术孩子们的La MaMa了。没有了，独特难忘的La MaMa就这样将绝尘而走，并一去不复返。

在La MaMa最后的岁月，我幸运地伴她走完这段最后路程，我决定用我的笔写下这段经历，为将要成为传说中的La MaMa做证，让她的大爱变成永恒。

La MaMa的艺术家们似乎都不富有，甚至还没来得及红紫，他们只是高潮扬起前的序曲，但他们对艺术追求得近乎于圣洁的真诚，深深地震撼了我。我为他们人格的独立完整，人性的单纯善良而感动，更为他们永不放弃的心中的艺术梦想而拼搏，这在当今这物欲横流、充满掠夺的商业社会里，显得尤其弥足珍贵……

心途：对话

王红旗

编审、教授，首都师范大学中国女性文化研究中心、《中国女性文化》学刊创始人，2001 年至 2017 年担任“中心”主任，“学刊”主编。

唱 燕

奥地利海归女作家。

王红旗： 读过《心途》书稿，感觉每篇散文字里行间，都充溢着中国智慧与人类意识的暖流，仿佛刚从灵魂里流淌出来似的。尤其，时而涓涓、时而汩汩的文脉节奏，跨文化、跨种族跳跃腾挪的转换艺术，圆融东西方文化的全新思想，蕴含诗意哲学的宏阔意境，构成一种昂扬向上生命之爱的精神时空。一位充满魅力的中国女性，用行走在地球经纬线上的亲历经验，为世人讲述无论命运走向何方，你提出的“宽善美慧”，才是人类亘古的精神力量，最高的人文关怀伦理。

请问是怎样多元跨界的独特体验，让你诞生出这样的温润文字与卓绝洞见。为什么一直低调？此时，才出版人生第一本书？

唱 燕： 不飘不摇，静悄悄；不疾不徐，谦谦行，是我的自然态。我不关注高低调问题，每个人的生命状态由自己选择。

当我来到南极，放眼望去静谧中无际的雪原，想起英国探险队长说每踩下一个脚印就是踏上亿万千年；站在撒哈拉广袤大漠中，身处连绵沙海，发现自己竟如沙粒般的小；冰岛，这个被称为地貌如月球净土的北欧小国，当缆车笔直下垂进入一个完全封闭的、地球最深腹地的休眠火山里，大自然的鬼斧神工足以震撼所有感官；非洲莫桑比克，那个晨来还是洁白如雪的美岛，仅仅一顿午餐后就沉沦到碧海中，令人瞠目结舌。

走过的岁月，有幸相遇不计其数的人之俊杰，甚至超越同类名副其实的天才……
大自然之灵，人类之秀，唯让谦恭化永恒滋养灵魂。

途中看世界，路上懂自己，心，愈加平和静谧。我不参与喧嚣嘈杂，会在热闹非常中迷失自己，更多时间内视，走进自己的内心，在那里修篱种菊漫步独处。

生活如我诗写：“走出河谷，又见峰巅，起伏不断的山峦，到处可见……”人生，是一场迁徙跋涉，所以，脚踏实地，尽自己所为，能为这个世界、这个国家，能为身边友人做点有意义的事，聊尽绵薄之力就好。

为什么现在才写书，以前一直不写，其实是自救。
30 多年前，有机会可以出诗集，年轻的我振奋几日后，开始寻找自己散落的诗稿。
那晚，万籁俱寂，我正在准备诗稿。窗外卷起一阵风，风甚大，呼啸不绝于耳，拉开窗帘，只见窗外的杨树披头散发不顾一切狂甩。我突然惊醒，整理的这些小诗，若干年返身再看，会有多少遗憾，而窗外的那些树木的生命，将因我幼稚文字所剥夺，我的惊醒决定放弃出版。或许，算是自救。

后，虽有约稿，一直未写，因为值得写的很少。我想，写作并非个人之事，在一个紧张忙碌甚至腾空而起、信息爆炸的当今，每个人的私享时间是如此稀少宝贵，花时间看我毫无意义的文字，是精神生态的不环保。物质基本满足后，需要更关注精神生态的清洁纯净。

我以为，当笔下没有要写的文字时，万勿堆砌，绝不呕吐，生拉硬拽，狠挤胆汁和胃液，让读者受尽折磨。于我，是一种真正愧疚。

王红旗： 相处快 20 年，几乎没有感受到岁月在你身心留下的痕迹，你自信、开朗、乐观、淡定与勇于担当的人格魅力，如同与生俱来的自然。难道你从东方飞向西方，又从西方飞回故乡，在放飞梦想的路上，就没有遇到过困难？是什么赋予你内化世情沧桑冷暖的心智，怀揣梦想不断前行、永葆生命的青春活力，还有美丽的容颜？

唱　燕： 困难，人生常态无处不在。中国汉字的博大精深就在于它的辩证统一，哲学深邃，形象多意，如："困"，一棵秀木禁锢在四围密不透风里，如何让它长成参天大树？人，承载过重远超负荷，定会步履蹒跚。"难"，更深藏辩证，难亦不难，而且状态积极，君不见它是"又"和"佳"两个汉字组成，这是一种精准昭示，走出困境，又见朗日晴空。

困难，是人生伴侣，来时无须惊慌失措，唯一的选择，不找任何借口逃避，直面困难，解决困难，成长自己。轻言放弃，躲过此劫最终更大困难来临，压倒的还是自己，生活充满未知，突发事件时常始料不及。“祸兮福之所倚，福兮祸之所伏”。讲的对立统一矛盾，祸来不恐不惧，福来不忘乎所以，处变不惊，心态恒定。

关于年轻，我认为人类无老者。

“岁月可以在皮肤上留下皱纹，却无法为灵魂刻上一丝痕迹。一种忧虑，恐惧，缺乏自信，才使人佝偻于时间的尘埃之中”，塞缪尔·厄尔曼讲得很精辟。

年龄，于我，不过是代表时间的阿拉伯数字，人习惯用数字证明年龄大小，每段年龄又人为界定内容，其实这与人的精神面貌和心理感知毫无关联，没有人是因为时光的流逝而变得衰老的。能让自己衰老的，是心中的梦想破灭和理想不再。梦想之慷慨，从不拒绝年龄的大与小。

年轻，是阳光心态积存的精神能量，智勇人格强大的真知正念，是理性思维的创造潜力，是对每个明天的由衷期许，是不左右环顾的勇往直前。每个不能起舞的日子，都是对生命的辜负。

年轻，是因为心中依然有梦，让自己愈加轻盈。即不纠缠，当人与事名存实亡，轻轻放下悄然隐退，与泥潭肉搏输赢毫无意义，只能更深的沦陷。人生如茶水沸心静，释怀品茗，茶尽转身绝尘而去，欣赏的背影，亦是另一道风景。

年轻，如何成永恒，重要的是心态年轻，年轻的心中到处阳光弥漫，对生命充满了好奇，不断创造惊喜，日日新，苟日新，每天能尝试给自己一个惊喜，你会对生活有一种积极的期盼，有了这样的积极期盼，生活就会色彩斑斓，面向阳光，没有阴霾。

“风，吹过，便是一首牧歌……”这是我的自勉。

美丽，是由内至外悠然散发出来的宽善美慧，谦虚温良，亲和暖悦，隽永至无垠……美丽，并非一花独放，悦人以目，盛开几许，孤独凋零；也非一捧花束，由于捆绑，才显色彩斑斓；美丽，或许是一座花园，春去秋来任由四季轮回，总有连绵的绽放，即靓丽他人，也美好自己。

宽善美慧，是我25年前为自己设定的彼岸，才有了此生跋涉。

王红旗： 第一次采访，是在你清理了几百车垃圾，亲手改造的国际艺术殿堂——北欧艺术空间的家里。这座富有北欧简洁风格的两层小楼，室内一根根原木搭建的尖顶，隐含中国古建筑的原生态气韵。在春日的阳光下超然雅静，暖意融融。这是你在一片废墟上升起的“希望”，不仅被国际国内友人誉为“化腐朽为神奇”，而且作为中国唯一代表入选意大利杂志国际家居（CASA），被评为“世界上最美丽的家”。

在北欧艺术空间接待了很多驻华大使，西班牙公主、利比亚王子和世界艺术家，还赞助德国画家、爱尔兰艺术展，特别是为从云南大山里来的彝族孩子的音乐梦想募捐，那么多年都是在做公益，慈善演出。请谈谈当时，很多人都在抢购房子，而你为什么要买这片废弃的锅炉房和垃圾场?

唱　燕：我想，世界上没有垃圾，多元立体空间地去看这个世界，360度都是美。

搬进小区，最先吸引的就是黑烟滚滚的锅炉房，让我浮想联翩，常趴窗欣赏它，烧锅炉的工人相当吃惊，从未有人如此专注，几乎每天去看烧锅炉。我喜欢 loft 的建筑结构，锅炉房的 8 米挑高空间，给了我很多想象创意的张力，还有锅炉房常溢脏水，冬天就是冰道，摔倒很多人，那时梦想：若有机会，亲自设计改造它。申奥成功后，锅炉房不让冒烟，立刻买下。

是的，买锅炉房垃圾场令很多人匪夷所思。但我不介意，因为心中有一种憧憬，自己要做的就是如何让梦想成真。设计清理锅炉房和垃圾场的时光是快乐的，日复一日，晨曦烈日夕阳里捡垃圾，感悟不同，捡到最后剩下玻璃碎片，借助正午阳光，将其照得明晃晃，捡起来既快又准，提速很多，看到被清理出来的大片垃圾场再回填好土，救活了埋在垃圾堆里痛苦不堪的棵棵大树，那种喜悦欢愉自不待言。

20 世纪 80 年代旅居海外，当时我的国，远不如今日之强大，但我坚信大国崛起指日可待，重要的核心竞争力是科技、文化。所以，我一直从事文化艺术创意，锅炉房垃圾场，经过创新改建，在废墟上建成艺术空间，释放我们中国人发展经济同时的环保理念与生存友善主义的人文关怀。

王红旗： 《梦绕纽约——漫话 La MaMa 的艺术家》记述的是，在美国纽约世界艺术家摇篮 La MaMa，集聚着来自不同国家的影视明星、音乐人、摄影家、歌唱家、导演等等，无论追求梦想的路多么艰难，他们都一如既往，永不言弃。如今 La MaMa 已不复存在，然而你饱含悲悯大爱的回忆散文，留住了艺术家点燃希望、创造梦想的奋斗精神记忆，以能够为后世人遥视而永存历史。请谈谈你对来自世界艺术家追求梦想的感悟。

唱　燕： 《梦绕纽约——漫话 La MaMa 的艺术家》这篇，初初并未想写。在纽约日子里，每天异常忙，归来已经夜半更漏，但当西北航空的飞机冲上万里云霄，我独坐在机舱里，静谧中那些 La MaMa 的艺术家，争先恐后个个在我脑海中栩栩如生地闪回，令我坐立不安，几次，我强迫自己闭上眼休息，但根本无法入眠。

十几天 La MaMa 度过的时光，在岁月远途中如白驹过隙，而我突然发现这短暂光阴，已在生命里留下痕迹，并且那么的清晰。或许自己从事艺术，艺术无国界，共通之处不胜枚举，包括为了心中的梦想，不轻言放弃，La MaMa 的艺术家们让我感悟良多。

成功，并不是因为看到希望才去努力，残酷的是很多努力都以失败告终，失败以后，难能可贵的是热情不减，艺术家们屡败屡战，甚至弹尽粮绝依旧坚持，直到梦想成真。

我笔下的 La MaMa 艺术家生活并不富有甚至窘迫，有时食不果腹。他们的坚持、坚韧、坚定、坚强，令我尊敬由衷。在物欲横流的社会里，他们的追求是那样的单纯执着，不顾生活遭遇的种种困难，不环顾左右他人，一直向着自己的梦想挺进。

纽约的 La MaMa，其实是一个载梦的摇篮，虽然夷为平地，但它的确曾经感动鼓舞，甚至至今仍在感动鼓舞很多前赴后继在艺术大道上追梦的人，我便是其中的被感动者。

王红旗： 文中奥地利姑姑作家朗艾，是你的中文学生，她从“二战”废墟上站起来一无所有，能讲七八种语言，用三种语言写作，还要再学中文；安妮博士是你的房客，她的口头禅是“你可以帮我一次，但帮不了每次，我谁都不能靠，只能靠自己！”她们爱你，亲切如家人般称呼你“孩子”。请谈谈这两位西方女性凭借怎样的生命价值观，让自我的灾难或苦难经历盛开出人性的精神花朵，怎样绽放自己心中的美好，她们对你的海外以及后来生活产生了怎样的影响。

唱　燕： 学海无涯，没有年龄的界定。与朗艾姑姑、安妮博士朝夕相处的岁月，让我亲历不同文化对学海无涯的感同身受。以前看世界，源自大脑所储蓄的记忆，无法去想象未知世界。

走出国门时，对 80 多岁的老人的印象是颐养天年，儿孙环绕，然而来到地球的另一端彻底颠覆了原来的认知。83 岁的朗艾姑姑已经会了七八种语言，却还在孜孜不倦地深学，学习东方文化学中文。安妮博士来到维也纳已经是 78 岁老人，不顾多病的身体每天出门求新学习。她们根本不理会年龄大小，生命字典无“衰老”，昂扬向上追求精神进取，每天学习，每天会见，每天参观，每天精进。

关注精神生态，追求灵魂格局。朗艾姑姑对东方文化非常痴迷，尤其喜欢老子哲学，对毛泽东思想都有研究。和安妮博士、朗艾姑姑相伴的日子里，更多是精神上的分享，音乐、哲学、绘画、诗歌、歌剧，包括风俗，极少谈及他人琐事。她们的阅历宽泛，视野开阔，知识渊博，我为她们拥有如此优良的精神生态、生命质地而感动。

独立自由，自助坚强。七八十岁的安妮博士，多病缠身步履维艰，可是她一天都没有躺在床上呻吟求助，即使天降大雨暂时不能外出，也要在家里听音乐、看书、记笔记。雨停，她立刻戴上礼帽，披着披风，照样出门。她们具有的独立精神，从不依赖他人解决自己的问题。是的，把自己希望寄托给他人，或者依赖他人放弃自助自救，矛盾会随时产生，纠缠也接踵而来，她们独立自由，自助坚强地活出了属于她们特有品质。

直面困难，从不抱怨。她们遇到困难绝不放弃，勇敢直面困难，不抱怨不躲闪，神闲气定，自己解决，直到困难迎刃而解。

和她们在一起充盈了我，所学甚多，她们是我的能量动力，在后来的岁月里不断被激励。我对两位老人的怀恋是真诚的，正是受益匪浅，才会梦绕魂牵，总会想起她们。

王红旗： 散文《萨琪想你，春花遍开时》是英、美、中三个妈妈与一只狗——萨琪之间如母与子般的亲情叙事。表现出你以女性内在自我的“人本之爱”意识，对先哲庄子宇宙观“天地与我并生，万物与我为一”的生活性诠释。人类中心主义的“顽疾”，造成全世界严重的人文与自然生态危机，人与自然万物的平等和谐伦理重建，是关乎人类走向“新文明”，重塑“完整的人”的人性，家国与家园的关系问题。请谈谈你这篇散文更深层的寓意。

唱　燕：　这个世界需要和谐，我希望的和谐是：人与人的和谐，人与大自然的和谐，人与小动物的和谐，人的肉体和灵魂的和谐。

人最能感同身受的就是和小动物的美好相处。
萨琪，就是这样的一个特别的孩子。我觉得他不同凡响的，在他的身上折射出很多人性的优良品质。当今很多人都喜欢小动物，他们变成了家庭密不可分的成员，这些小动物深通人性，忠诚忠义，善解人意，无论主人富有亦是贫穷，不离不弃，朝夕陪伴人类。

萨琪，这篇散文折射出英，美，中三位妈妈和小动物之间关系实质的升华，触类旁通，很多的东西都是因为有了这种灵性融润感受后，可以通达到不用言传，意会即可。

和萨琪日夜相伴的岁月，我在不断地反省和感悟，他小小的生命虽然短暂，带给我何止是不尽的欢乐，更为他的大义，视死不惧，那种敢于为朋友两肋插刀的忠勇精神，深受感动，他让我在人性中得到了很多开悟与启示。

某种意义，我觉得他已经不再是一个与我非同一物种的小动物了，我们拥有了母子般的情感，所以他的离去让我感怀至今。

我决定把他写下来，是要表达人类对另一个物种的敬重和爱戴。萨琪教会我很多，回忆才变得如此丰满充盈，由衷地再谢你，天堂里的萨琪。

王红旗： 你是跨诗歌、散文、舞蹈、设计、创意多领域的杰出艺术家，是奥地利首位华裔节目主持人，曾荣获多项国内外大奖。你把世界最先进的高科技电脑音乐引入中国，成为第一次在发展中国家举行而记入世界历史。细读简历发现，你出任很多大型国际国内项目的艺术创意、总监制，走过欧亚美非，世界多国，一生传奇阅历丰富，因此，很期待你的自传问世，一睹你的精神风采。你是否有这样新的写作计划？

唱　燕： 以后是否要写书，或许，一直以来对自己的苛刻，总希望写下的文字能够更好些，但，什么是终极的好，完美其实是彼岸，才有不尽的跋涉。既然，是行者，可能会写些生命留痕的经历。